徳間文庫

死だけが私の贈り物

小泉喜美子

徳間書店

目次

死だけが私の贈り物（長篇） 5

第一章 幻《まぼろし》 9

第二章 花嫁 47

第三章 喪服 89

第四章 天使 135

第五章 死者 181

第六章 暁《あかつき》 217

死だけが私の贈り物（中篇） 271

解説 新川帆立 351

Illustration　コテリ
Design　円と球

死だけが私の贈り物

コーネル・ウールリッチに捧げる
——もう、あなたのようなミステリーを書く人はいなくなったので。

「あなた、死と会ったことがある?」

「死人ならたくさん会いましたよ、お嬢さん」

「いいえ、死人ではなく、死とよ!」

「ああ、あなたはじきに死に会いますよ」

——モーリス・ブランショ『死刑判決』

第一章　幻《まぼろし》

1

山田刑事が同僚といっしょにちょっとした外まわりの雑務を終え、ついでにおそい昼食をすませて署に戻ってくると、直属上司の警部が遠くから彼を見つけて、

「おいおい」

と手招きした。

「はい、何か御用でしょうか」

「きみ、今すぐ自宅に連絡しろ。嫁さんが急病だそうだ。少し前にな、電話があったところだ」

「――」

山田刑事は蒼くなった。

彼は新婚ほやほやといってもいい時期にいたのだ。それも、彼に言わせるならば〝熱烈なる恋愛の果て〟の結婚なのだった。刑事は泥棒もつかまえるが、熱烈な恋愛もするのである。

以前、護送途中で隙をみて逃走をこころみた無謀で間抜けな強盗犯人に思いきりタックルしたときの数倍ほどのスピードで、彼は机の上の電話機にとびついた。ふるえる指先でダイアルをまわした。

「もしもし……もしもし……ぼ、ぼくですが、山田ですが」

「ああ、御主人ですか。わたくし、お隣の部屋の者ですけれどね、まあ、いつも奥様にお世話になっております。あの、ところで、その奥様が大変、大変」

留守番に来て彼の連絡を待っていてくれたという近所の中年の主婦が昂奮しきっていささか大げさな口調でしゃべりはじめた。

「――そんなわけでしてね、さっき急に痛み出したとかおっしゃってね、うちへ駈けこんでいらっしゃったんで、すぐに救急車を呼んで連れて行ってもらったんですよ。え？　病院？　はいはい、ちゃーんとここにメモしてありますよ。ええっと、病院、病院、救急病院、救急病院っと、あれ、どこへ置いたっけ？　メモ、メモ……」

なんでも二度繰り返して口にしないと気がすまないらしい相手に、電話線のこちら側で山田刑事はひそかにじりじりした。

とはいえ、愛妻が運ばれて行った救急病院の名前と住所が判明するまでにさしたる時間がかかったわけでもなかった。

「――あ、あそこですか、あそこなら知ってます。どうもお世話をかけました。これからすぐに行ってみます」

「生命《いのち》にかかわるようなことはないと思いますけれどねえ、でも、ずいぶん痛がっていらしたんですよ。昨夜《ゆうべ》から少しおかしかったんですって。でも、あなたに心配かけてはいけないと思って今朝も黙ってらしたんですって。まあ、けなげな奥様ですことねえ。ひょっとしてひどい病気でないといいけどねえ。胆石かもしれないですわねえ。だとすると……厄介ねえ」

（うるせい！）

と山田刑事は心のなかでどなったが、もとより相手の好意は身にしみており、声に出してののしるような非礼はする筈もなかった。

「どうもありがとうございました。いや、ぼくはこれからすぐに行ってみますから」

「そうそう、早く早く。何かわたくしでお役に立つことがあったら、御遠慮なくそうおっしゃって下さいよ」

「あ、ありがとう！」

彼は大急ぎで電話を切り、もっと急いで警部の机のところへとんで行った。あたふたと事情を説明して臨時私用外出の許可をもらった。

「早いとこ行ってやれ、ここはかまわんから」

と、二人の結婚披露宴のときにはおおいにはめを外した〝前科〟をもつ人情家の上司は自分のことのように心配そうな顔つきをした。

ありとあらゆる最悪の事態を頭のなかに思い描きながら、山田刑事は帰ってきたばかりの署の正面入り口をふたたび走り出た。

「おおい、タクシー！」

こんなときに配下のパトロール・カーをちゃっかり走らせる刑事がいるのを、いつか、アメリカの喜劇映画で彼は見たことがあるのを思い出したが、むろん、ここはアメリカでもなければ今は喜劇でもないのだった。

やっと停まったタクシーにそわそわと乗りこむ彼の額には冷たい汗すらにじみ出し、口のなかでは小さくお祈り——というか、お願い——の文句を唱えていた。

（ああ、神様、どうか、あいつが重病ではありませんように。どうか、そうではありませんように。あいつに万一のことがあったら、おれは……おれは……）

新妻に万一のことがあったら自分はどうするであろうか、と彼は考えてみた。

おそらく、生きてはいないであろう。ただちにあとを追って自分も死ぬであろう。

自殺にはどういう手段があったであろうか？

自殺者の死体は今までに何回か見てきたが、自分がそうなるとは夢にも思わなかった。どれを思い浮かべてみても、たいして気持がよさそうとも安らかに天国へ行ったとも考えられないものばかりだった。

妻に先立たれてあと追い自殺した若き刑事を世間はどう取り沙汰するであろうか？今どき珍しい純愛物語だと賞めるであろうか？　刑事のくせにめめしいとわらうであろうか？　悪徳刑事よりはましだと言ってくれるであろうか？　しかし、いずれにせよ、望まざる死は……。

彼がくよくよと思案しているあいだに、タクシーは週日の昼下がりの副都心に近いあたりの混雑をきわめた交通と喧噪をかいくぐってどうにか、その高名な総合病院の車寄せにすべりこんだ。

料金を支払う間も惜しいとばかりに血相変えてタクシーを降りた山田刑事は、『外来受付』と記された札の出ている窓口に走り寄った。

「あの、あの、あの――」

　窓口にいた女事務員が書類から顔を上げて応じた。

「初診のかたは健康保険証を出して下さい。そしてそこにある用紙に書きこんで――」

「い、いや、ぼくは患者じゃないんです。にょ、女房が入院したそうなんで、め、面会に」

「それでしたら、面会者用の用紙に書きこんで下さい」

　女事務員はなんとしてでも彼に何か書きこませたいらしかった。

「でも、面会時間はまだですよ。午後三時から七時までです」

「いや、その、そうじゃなくて、女房はもうちょっと前に救急車でかつぎこまれて来た筈なんです。急病で」

　彼は額の汗を拭った。

　傍のベンチに並んで腰をかけ、順番を辛抱づよく待っているらしい外来患者たちがいっせいに彼のほうに注目していた。

　もう一度、額に汗がどっと噴き出してきた。

「ああ、急患さん？　それだったら、ここじゃありませんよ」

「じゃ、ど、どこへ行けばいいんですか？」

「それだったらね、この廊下の先の――」

動転しきっている男と冷静そのものの女とのあいだで、もう少し会話がつづいた。外来患者たちは好奇の眼をもってその様子を見守り、あわれむように彼を眺め、そのやりとりに耳をそばだてた。すべての顔がこう語っていた。

（こりゃだめだ。こりゃ、よほどの重体らしい）

そのときだけ、彼らは全員、自分自身の病気のことを忘れることができたのである。

しかしながら、彼らの期待に反して、新妻の容態を思いやる山田刑事の悲壮な心境はわずか数分後にはめでたく解決していた。

「急性虫様突起炎ですな」

と、担当の医者は彼に言った。清潔で明るい診察室だった。

「え？」

「いわゆる盲腸炎。親知らずと同じくらいありふれた病気です」

「――」

「ただし、盲腸炎としてはやや症状が重いようですな。ここは散らしたりせずに、すぐに切ったほうがいいでしょう」

「はあ」

「ま、新婚のかたにはよくある例ですよ」

医者はカルテを見ながら、なぜかにやにや笑った。

「御心配は要りません。これからすぐに切りましょう。御主人、立ち会いますか？」

「――」

「なあに、盲腸の手術なんて今どきタイヤのパンク直しより簡単なんですから、立ち会いも何もないんですが、まあ、こうしてわざわざ駆けつけていらしたことでもありますし、せっかくですから……」

「女房は、女房はどこにいるんでしょうか？」

「ああ、そうでした。おい、奥さんはどこにいるんだ？」

医者は傍にいた看護婦のほうをかえりみた。看護婦は答えた。

「ええと、電話をかけにいらっしゃったようですが」

「電話？」

「はい、心配ないから来なくてもいいって御主人に連絡してくるって」

「痛がってたんじゃないんですか！」

山田刑事は、つい、大声を発してしまった。

「盲腸とわかったとたんに元気になったようですよ」

医者は大声なんか発しなかった。ごくビジネス・ライクにしゃべりながら、看護婦のほうを向いた。

「一週間も入院していただけばいいでしょう。さてと、それじゃ、きみ、盲腸《アッペ》の手術《オッペ》の準備してくれ」

2

――というような次第で、〝わざわざ駈けつけていらした〟心やさしき新婚の夫は妻の右腹部で炎症を起こした、けしからぬ小指大の無用の臓器を医者から切りとるところをガラスの小窓越しに見物させられるはめとは相成った。

むろん、自殺に関する考察のくだりでもふれたごとく、職業がら、彼はもっともっとすさまじい血みどろの傷口だの惨死体だの、ばらばらになった手足なんかを見たことはいくらもあった。

あるいはまた、もしも何かの事件の犯人が凶悪にして不可解きわまる無差別殺傷の通り魔などであれば、たとえ法律や甘ちゃんの人道主義者がどう主張しようと八ツ裂きにしてさらしものにし、手を叩いて見物してやったってまだ足りないと考えているタフで冷酷で嗜虐的なる神経の持ち主だった筈なのだが——医者が妻の身体のなかから色もかたちもたらこの一片によく似たものをピンセットでつまみ出したのをガラス窓越しに目撃した瞬間、ふらふらと眼の前が昏《くら》くなってその場に倒れてしまった。

殺人捜査課の駈け出し刑事などよりははるかに屈強な材質でできているらしい看護婦が二人、彼を抱え上げて廊下へ運び出した。手近かにあった空き部屋の予備のベッドに寝かせた。

看護婦たちは彼の上衣をはぎとり、ネクタイとシャツのカラーをゆるめ、ちょっとまぶたをひっくり返してみたり、手首をつまんで脈搏を計ってみたりしたあげく、べつにどうということのないつまらぬ脳貧血のかるい症状にすぎないとわかると、このかよわい男に軽蔑したような視線をあらためてちらりと投げかけただけでさっさと出て行ってしまった。

看護婦たちは忙しいのである。

——いかに非常用にもせよ、ベッドとはとうてい呼べない、黒革張りの、愛想のない代物だった。

少なくとも、山田刑事にはそう思われた。

その上に仰向けにころがされて、彼はそろそろと眼を開けてみた。

意識を完全に失っていたのはたかだか一、二分のことであって、彼は自分に対してなされた迅速かつ非情きわまる処置、とりわけ彼をここに運びこんだ二人のナイチンゲールないしアマゾネスの交した会話のはしばしを一応は記憶にとどめていたのである。

その冷酷にして真実そのものとしか形容しようのない会話のはしばしを初めはおぼろげに、次にはほとんど明瞭に。

そして、それらはこの若手刑事、人一倍仕事熱心で自負心と責任感にあふれた優秀な幹部候補の刑事の心をがっくりとめいらせるに充分なものだったのだ。

『なによ、この人。でっかい図体してだらしのないったらありゃしない』

『奥さんの盲腸《アッペ》の手術《オッペ》見てて気絶しちゃうなんて、でも、かわいいじゃない？　愛妻家なのよ』

『新婚ほやほやなんだってね』

『さっき、血相変えて駈けつけて来たときなんか、まるで奥さんが不治の脳腫瘍の宣告でも受けたみたいな顔してたって外科部長が言ってたわよ』

『そりゃ、まあ、気持はわかるけれどもね。この人、職業は刑事なんだって』

『へえ、刑事！　それにしちゃ頼りない男だわね』

『テレビに出てくるかっこいいのとは大変なちがいじゃないの』

『死体を見るたびに脳貧血起こしてるのかしらね。この頃の男の子は本当にだらしのないモヤシッ子だよ』

等々々。

（――――）

彼としては一言もなかったのである。

ただし、ただしである。その辺の赤の他人が死んだり怪我したりしているのを見るのと、自分の家族、それも結婚したての恋女房が手術を受けるのを見せられるのとではどんなにタフな鬼刑事であろうがまったく次元の異なる話ではないか。

あの鬼看護婦どもは、こんなこともわかっていないのか。

起き上がって出かけて行き、彼女たちにこの件をようく説明してやろうかと彼は考えた。

しかし、この部屋を出て、廊下をのこのこ歩き、病院じゅうを探しまわってあの二人を見つけ出し、その上でそれを説いて聞かせるというのは、何やらいかにもしまらないことのように思われた。

第一、運ばれてくるあいだ、彼の眼はじっとつぶられっ放しだったので、あの二人が一体、どの看護婦たちであったのか、姿を見ただけでは彼には皆目わからないのである。

（やれやれ……）

山田刑事はすべてをあきらめた。

彼はともあれ、妻が重病でなかっただけでしあわせというべきである。わが身に浴びた汚名ぐらいは耐え忍ばなくてはならぬ。

ベッドの上で、彼はうーんと一つ、大きく伸びをした。身体の上には、それでもアマゾネスたちが有り合わせの毛布を一枚、かけて行ってくれていた。この点だって彼は大いに感謝すべきなのだ。

あらためて天井を見上げた。

気分はたいして悪くはなかったものの、たとえほんの一、二分にもせよ失神していたことはたしかなのであるから、眼の前が少しはちらちらした。それに、ここのところ、勤務に追われて睡眠不足気味でもあった。

（いや、勤務に追われなくてもと訂正したほうがいいかもしれない）

これは神がおれに賜わった臨時の休息時間にちがいないと考えたりしながら、彼はつくづくとあたりを見まわした。

一体、ここは何に使われている部屋なのだろうか？　というより、何にも使われていない部屋とみるほうがどうやら正しいらしかった。

人の出入りの激しい総合病院の一角にあってここだけぽつんと孤立し、忘れられたような、がらんとした空間だった。ふだんはあまり用のない予備の器具だの薬品だのがしまってあるのかもしれない。壁ぎわには戸棚が並び、車付きの寝台や古びた車椅子などが一隅に押しつけてあった。

どうやら、看護婦たちは彼のこともそれらの不用品、不要不急のがらくたと同じ程度の存在とみなして、ここにほうりこんで行ったもののようであった。

ため息をついて、彼はベッドの上に起き直った。

一方の壁には、薄気味の悪い赤や青の彩色をほどこした、やけに精密でなまなましい人体解剖図が掲げてあった。失神からよみがえったばかりの男が眺めるにはあまり向いていない掛け物だ。

彼は反対側の壁に視線を向けた。

反対側の壁は壁ではなかった。灰色がかったアコーディオン・ドアが隣室とのあいだの仕切りの役目を果たしていた。

アコーディオン・ドアの上部には隣の部屋の天井が、下には床が覗いて見える。この部屋は必要に応じて仕切りを取り払い、隣室と一つづきにして使えるようになっているのだろうと彼は思った。

さてさて、妻の手術はどうなったのであろうか？

盲腸の手術なんて今どきタイヤのパンク直しよりも簡単なのだというようなことを医者は放言していたけれども、まあ、無事にはすんだのであろう。そうでなければ、さっきのアマゾネスが彼を叩き起こしに来たに決まっている。

そろそろここを出て、妻のいる病室はどこかを聞き出して、そこへ行ってみるとするか。大の男がいつまでもこんなところで伸びているのは、たしかにあまり恰好のいい話ではない。

妻はもう麻酔からさめているのだろうか？　もし、彼女に、

『あなた、どこへ行っていたの？　今まで何をしてたの？』

と訊ねられたら、なんと答えればいいのだろう……？

山田刑事はベッドを下りようとした。傍の椅子の背にかけてある上衣のほうへ手を伸ばそうとした。ちょうどそのときだった。

アコーディオン・ドアの向こうの隣室のドアが開いて、誰かが入ってきた。

3

入ってきたのは一人ではないようだった。

まず、コツコツと床を打つ、ごくかるい、小さな足音。次に、もう一つのやや重たい足音。

隣室のドアがきちんと閉められた気配だった。

そして、すぐに、女の声が聞こえてきた。

何かを思いつめているような、激しい、しかもそれを抑えた低い声だった。抑えなければいくらでも高く激しくうわずってしまいそうなのでなんとしてでもそうやって必死に抑えつけているのだ、というような声だった。

「先生、お願いですからはっきりおっしゃって下さい。わたくし、大丈夫です。最悪の御返事を聞かされても、取り乱したりはしません。気を失ったりもしません。絶対に大丈夫です。だから、どうか本当のことを教えて下さい」

「――――」

「お願いしますわ、先生。わたくし、決して駄々をこねているわけではないんです。

どうしても——どうしても本当の病名が知りたいんです。あと何日、何週間、何カ月の生命かということも知りたいんです。どうしてもそれを教えていただく必要があるんです」

「しかし……」

かすれたような男の声がためらいがちに答えた。

いや、答えたのではなかった。答えるのを拒否したのだった。

「しかし、まだ何一つはっきりしたことがわかったわけではないし、今、そんなふうにおっしゃられても、私としてはその、どうにも……」

「いいえ、嘘、そんな筈はありませんわ、先生」

女の声が少しずつ抑制を失って行った。ほんの少しずつ。

「初めておそるおそるここへうかがった日から、もうあんなに何度も何度もいろいろな検査をして下さったじゃありませんか。あれの結果がいまだにはっきりしていないなんて、そんな筈はありませんわ！」

「いや、あのなかには正確な結果が出るまでには相当の時間を必要とするものもありますからね。何回か繰り返して初めて結果を云々できる性質のものもある。だから、あなたのように焦《あせ》られても、私としてはどうも……」

「いいえ、嘘です。先生は嘘をついていらっしゃるんです！」

ついに、女は声を抑えるのをやめた。やめてしまった。彼女の声は涙と怒りと絶望の混じり合った、悲痛な、しかもたいそう皮肉にみちた調子のものへと変わって行った。

「先生はわたくしの気持をいたわってそうしていらっしゃるんでしょう？　こうした場合はたいていのお医者様はそうなさいます。そのくらいはわたくしにだってよくわかっていますわ」

「――――」

「でも、先生、わたくしはほかの患者たちとはちがうんです。本当の病名や死期を教えられてそれで正気を失ってしまうような、そんなやわな人間ではないんです。わたくしはいつだって冷静です。そして、先生、万一――万一、わたくしが不治の病気にかかっているのだったら、死期がすぐそこに迫っているのだったら、わたくし、ぐずぐずしているひまはないんです。わたくしにはすることがあるんです。どうしてもしなければならないことが」

「どうしてもしなければならないこと？　それはどういうことです？」

「ふふふ」

急に、静かな低い笑い声が響いた。

女はそのときだけ、初めて、ひっそりと含み笑いをしたのだ。静かで低い、だがどこかセクシイな、いたずらっぽいとも聞こえる笑い声。ふしぎな笑い声。

しかし、おそらく、眼には涙がいっぱいたまっているにちがいなかった。

――アコーディオン・ドアのこちら側で、山田刑事はじっと息をひそめた。まったくの行きがかりでこうした状況におちいってしまったのだから仕方がなかった。

隣の部屋に入ってきた女と男は、どう考えたって女性患者と主治医だ。二人は彼が仕切りの向こう側にいることなど夢にも知らずにしゃべり合っているのだ。おそらく、この部屋なら誰にも聞かれないと思ってわざわざ入ってきたのだろう。彼らがしゃべっているのは単なる世間ばなしや事務的な会話ではなかった。甘いくどき文句でもなかった。

二人が交しているのは、たいそう深刻な、たいそう重大な話だった。一人の人間の生と死にかかわる話だった。

黒い硬いベッドの上で、山田刑事はいったん伸ばした足を組み直した。ひっそりとすわりこんだ。ことりとも彼は動こうとしなかった。

盗み聞きする意志などは毛頭なかった。しかし、今ここでベッドを下り、服装をととのえて出て行こうとしても、どんなにひそやかに行動したところで隣室にいる二人に聞きつけられずにやるのは至難のわざであろう。

それよりも、今、彼にできる、そしてなすべき唯一のことは、彼がここに居合わせて彼らの会話を聞いてしまったことをなんとしてでも彼らには知られずにすませるという一事である。そう、それがせめてもの心やりというものだ……。

(くしゃみが出ませんように)

と、彼は祈った。

(咳だのくしゃみだのなんかが絶対に出ませんように)

と。

今日は彼はいろいろと神に祈る日だったが、こんなことまで祈るはめになるとは夢にも思わなかった。

まだ春寒《はるさむ》のこの日頃、シャツを一枚余分に着こんできていて助かったと彼は心で呟《つぶや》いた。それも新妻の忠告があったからだ。妻を持つということは、こんなにもプラスになるのだ。

総合病院の内部はヒーターが効きすぎるくらい効いていたのだが、誰にも使われていない、がらんとしたこの部屋はなぜかその効力も薄く、非常にあたたかい空間とは決して言えなかった。しかも、彼は上衣をひんむかれている。アマゾネスたちが代りにかけて行ってくれた毛布を彼はもう一度、身体のまわりに引き寄せた。

隣の部屋からは会話がまた聞こえてきた。

たいそう真剣な、たいそう悲痛な会話。盲腸を切る切らないどころではなかった。気の狂うようなせっぱつまった立場に追いこまれた一人の女が、なんとかして冷静さを保とうと自分で自分を励ましながら交している会話。おそろしいほど気丈で、けなげで、いじらしい会話。

それにひきかえ、自分はなんとだらしのない男だったのだろうと山田刑事はあらためて痛感した。あの看護婦たちにばかにされたのも当然だ。本日のこの病院における自分の失神騒ぎのてんまつは永久に極秘事項として闇に葬り去らなくてはいかんと彼は自分にかたく言い聞かせた。とくに、署の上司や同僚の耳には死んでも入れないようにしなくては、と。

「ふふふ」

もう一度、女が低く笑ったのが聞こえてきた。

「先生はわたくしの知りたいことを教えて下さらないんですもの。わたくしも先生の知りたいことを教えては上げませんわ」

「――――」

「あのね、先生」

「はい」

「わたくしね、患者として先生にお願いしているんではないんですのよ」

「――――」

「女と男として、お願いしているんですのよ」

「――――」

「でも、ああ、古い古い昔の話ですわね。わたくしたちが女と男の間柄になれたかもしれないときがあったのはね」

「そう、古い古い昔の話だ」

男の声はさっきよりもいっそうかすれて、しわがれていた。それは咽喉の奥の深い深いどこかから苦労してようやくしぼり出されてくるような声になった。まるで、彼のほうが不治の重病人ででもあるかのような声だった。

きっと二人はここで、一瞬、じっとみつめ合っているのだろうと山田刑事は思った。

そう、恋愛映画かテレビ・ドラマの一こまのように。

このときだけ、アコーディオン・ドアの存在を彼は心から残念に思った。

しかし、安っぽい恋愛ドラマの一シーンとはちがって、現実は非情にスピーディに進行する。

女はすぐに気をとり直したようだった。

大体が陳腐なメロドラマの主人公よりはもう少ししっかりした、理知的に書きこまれたプロットの主役に似つかわしい女なのだ。次に口を開いたとき、彼女の声はありとあらゆる安手な感傷と甘ったれを振り捨てていた。

「わかったわ」

と、彼女は言った。きっぱりとした、もたげた頭の角度までが察しとれるような口調だった。涙はとっくに拭ったにちがいない。

「わかりましたわ。もう、先生にはお頼みはいたしません」

「よその病院へ行くという意味ですか?」

「いいえ。この期《ご》になってそんなみっともない、じたばたした振舞いはいたしませんわ。わたくしは先生を信じていますもの。医者としての先生を。夫《しゅじん》だって先生を心から頼りにしていました。だから——」

「だから?」

「だから、もういいの。わたくしにはわかりましたの。なぜ、先生が何も教えて下さらないのかってということの答が。それだけでわたくしにはもう充分ですの」

「――――」

「それじゃ、先生、わたくしは今日はこれで帰ります。遠からぬうちに入院して最後のお世話になるにしても、わたくし、今はそれはできません。することがたくさんあるんです。とにかく、ぐずぐずしてはいられませんわ。もうあとどのくらい生きていられるか、わからないんですものね。いいえ……わかったんですものね」

「き、きみ、早まったことを考えてはいけないよ。さっきから言ってるだろう、私はまだ何一つ具体的な診断は――」

「いいの、いいの、押し問答はもう結構。わたくしはわたくしのするべきこと、したいことに早速とりかかりますわ」

「――――」

「ね、先生、人間てね、もうじき必ず死ぬと決まったら、こわいものはなくなりますのよ。ね、そうじゃありません？」

「し、しかし……」

「じゃ、これでね、先生。どうもありがとう。本当にありがとう」

くるりと女は向きを変えたのだろう。コツコツとかるい靴の音が仕切りのこちら側で息をひそめている山田刑事の耳にふたたび聞こえてきた。

入ってきたときと同じくらい、かるやかな、優雅な靴の音。ドアが開く音。閉まる音。

そして、それから男の声が、

「あ、きみ、ちょっと待ってくれ!」

とうめくように叫び、重たげな足音が入ってきたときよりさらにいっそう重く部屋から出て行った。

ドアがもう一度、ばたんと閉まった。

4

ベッドをとび降り、自分もドアに走り寄って細めに開けて外の廊下を覗き見たいという思いを山田刑事は懸命にこらえた。

一刻も早くそうしたいのは山々だったが、出て行ったばかりの二人が何かの拍子でうしろを振り返らないとも限らない。そうなったら、彼がここにいたことがいっぺんにバレてしまう。

　彼は待った。

　二人が廊下をしかるべき距離まで遠ざかってしまったと思われるだけの時間を待った。

　半ばじりじりしながら待った。

　それから、立ち上がってドアを開けた。細めに開けて、廊下の左右を見渡した。どんなに見渡しても、それらしき男女の姿はどこにもなかった。

　ずっと向こうを看護婦が二、三人、通って行くだけだった。さっきの女と医師はどこかの角を曲がったか、どこかの部屋にすばやく入ってしまったか、どちらかにちがいない。

　あれはどんな女だったのだろう？　姿を一目、顔を一目見たかったという思いは痛切だった。しかし、それを見たところでどうだというのだ？　まったくの弥次馬根性でしかないではないか。

　山田刑事はドアを閉めた。ベッドの足もとのほうの椅子にかけてあった上衣を着た。ネクタイを締め直し、カラーの具合いを直した。ぶるんと一つ、頭を振った。夢からさめた犬のように。

自分は何やらたいそう厳粛な人生ドラマ、難病ドラマの一シーンにはからずも耳だけで立ち会ってしまったのだと彼は考えた。聞いてはならないものを彼は聞いてしまった。これ以上、姿まで見てはいかにも申し訳ないではないか。

山田刑事はふたたび、ドアを開けた。何事もなかったようにして廊下を歩き出した。まず、何よりもまず、妻のところへ行かなくてはならない。一体、妻はどこにいるのだ？　妻を手術した医者はどうしたのだ？　パンク直しをした修理屋は？　看護婦たちはどこへ行ってしまったのだ？

うろうろと彼は廊下を歩きまわった。

本来、彼は〝足の捜査〟をとくいとしている刑事だったのだ。すすめられて、知的ゲームとやら称する推理小説を、あるいはかっこいいハードボイルドとやら称するやつも一、二冊読んでいたことがあったが、何が何だかあまりよくわからなかった。自分の生活とはひどくかけ離れた刑事だの部長刑事だの、あるいは私立探偵なる代物だのが出てきて勝手なことをしてやがるという印象だけが残った。自分は彼らのやっているようなこととは関係ない。自分には彼らのやっているようなしゃれたことはできない。ただ、足を棒にして歩きまわって目的地にたどりつくだけが自分の取柄《とりえ》なのだとあらためて思い直したものだ。

にもかかわらず、彼はまたまた迷ってしまったのだ。愛妻のいる病室は彼には〝迷宮入《おみやい》り〟と化した。

廊下を幾曲がりかさまよい、うさんくさそうな眼でにらまれ、急患が入って大忙しらしい医局員に突きとばされかけたりなんかもしたあげく、ようやくの思いで彼がたどりついたのは病院の裏口にすぎなかった。

妻の状態もたしかめずに帰るつもりは彼にはなかったので、あわてて踵《きびす》を返した。病院のなかへ引き返そうとした。

そのときだった。

女が一人、そこにいた。

その女は病院の裏手の通用口の車寄せにたった一人で立っていた。

周囲に人がいなかったわけではない。だが、山田刑事の眼にはその女の姿だけがくっきりと灼きついた。

女は細い白い縦縞《たてじま》の入ったダーク・グレイの男物の背広のようなスーツを着ていた。かっちりとした男仕立《テイラード》てのスーツだった。衿《えり》も胸のあたりも、そしてタイト・スカートすらもがきりりとひきしまった男仕立てだった。

だからこそ、女性の服装などにはうとい山田刑事のような人間にも、その姿がはっきりと印象づけられたらしい。

　地味な、どちらかといえば暗い感じのそのスーツの衿もとにはっと目を見張るほどの鮮やかさで一束の濃い紫色の菫《すみれ》の造花が飾られているのを彼は見た。ほっそりした白い頸《くび》に一連の真珠のネックレスが巻かれているのも。

　銀灰色ににぶくきらめくミンクのストールが女のスーツの肩をふわりとおおっていた。黒い手袋。ダーク・グレイのストッキングに包まれた、かたちのいい、長い脚。華奢《きゃしゃ》な黒いハイヒールの靴。飾りは何もついていない。手に黒いハンドバッグ。

　顔は——女は顔を少しくねじ曲げて、どこかよそを見ていた。

　思わずじっと見とれた山田刑事の視線に気づいたかのように、ふと、女が振り返った。

　暗いスモーク・グレイの大型のサングラスがその顔を隠していた。頭には黒い、男物の中折れ《ソフト》をもう少しやさしくしたような帽子をやや傾けてかぶっていた。その下から、黒い髪がふさふさと肩に波打っていた。

　サングラスと帽子と髪の毛のかげの、白い、かっきりとした頬とおとがいの線を山田刑事は見た——。

　女のほうからは、ばかみたいにそこに突っ立ってぽかんと彼女をみつめているどこかの若い男の姿は、うんざりするほどよううく見てとれたにちがいない。

一台の乗用車が音もなく車寄せにすべりこんで来た。

山田刑事がこの先、殺人犯人を一ダース逮捕して警視総監に出世してついでに少々脱税したとしても到底買えまいと思うような、銀灰色のロールス＝ロイスだった。その車種ぐらいは彼も知っていた。

運転手が降りてきた。

べつだん、制服制帽に身をかためた昔ながらのお抱え運転手《ショフール》然としているわけではなかった。運転手はごく普通の黒い背広を着ていた。ネクタイまで黒かったかどうか……？

運転手が後部席のドアを開け、女がしとやかに乗りこみ、ロールス＝ロイスが走り去るのを山田刑事は依然としてぼんやりと眺めていた。

たいそう永い時間のようにも思われ、また、ほんのまばたき一つするあいだの出来事のようにも思われた。

その女を乗せて、ロールス＝ロイスは病院の裏門を静かに出て行った。

すでにあたりには夕闇が忍び寄っており、西の空は奇妙な青みがかった光に染められていた。

夕焼けではなかった。夕映えでもなかった。

夕冷えとでも呼びたいような、ひややかな、蒼《あお》ざめきった色の空だった。

その夕闇のなかへと、銀灰色の大型車は音もなく消えて行った。何かたいそう不吉なるものを運ぶ使者のように。

山田刑事はわれに返った。病院のなかへと引き返した。彼は幻を見ていたのだろうか？

5

ロールス＝ロイスの運転席にいる男のほうを彼女はそっと見やった。

細い指が黒い革手袋をすでにぬぎ捨てていた。最上質のやわらかいなめし革ではあったが、彼女の指にはそれすらもうわずらわしかったのだ。

何もかもが彼女にはもはやわずらわしかった。

透明なマニキュア液を塗った、とがったかたちのいい爪をちりばめた指がそっとサングラスの縁《ふち》を支えた。衿の菫の花束の位置を直し、頸の真珠のネックレスにふれ、肩のストールをかるく引き寄せた。

「あのね、おまえ……」

「はい、奥様」

運転手は機械のように返事をし、バック・ミラーに映る女の姿をちらりと見上げたが、彼女はそれきり黙りこんでしまった。彼女は指先でちょっと額のあたりを抑えるようにしたまま、黙りこんでいた。

しばらくのあいだ、彼女はそうしていた。流れ去る窓の外の街の風景を眺めるともなく眺めていた。

ダーク・グレイのサングラスの下の白い顔が窓ガラスに映っていた。それはほんの少し死神に似ていた。菫の花と真珠とミンクの毛皮に飾られた、淋しそうな、優雅な死神。

一瞬、彼女はずっと昔に見たジャン・コクトオの映画の『オルフェ』に登場した死の王女を想い出していた。マリア・カザレスという女優が演じたのだ。私生活ではスペインのさる大物政治家の情人と伝えられる女優だった。

彼女は眸《ひとみ》を伏せた。

自分がもう少し生き永らえられて、あの役を舞台か映画かで演じることができたらどんなにいいであろう。能の『葵上《あおいのうえ》』のヒロインの六條御息所《ろくじょうのみやすどころ》の生霊の役に通じるところのあるあの役を。

　しかし、そのような機会は永久におとずれてはこないであろう。彼女にとりついた死病だけが理由ではない。たとえ、この先、どんなに永く彼女がこの国で生きつづけていたとしてもだ。

（さし当たっては——）

　気をとり直して、彼女は考えた。実生活のことを考えるのはいいものだ。それは彼女を打ちのめし、それゆえもう少し生きていなくてはという気にさせてくれる。

（この車を手放すことだ。でないと、彼の給料も支払えなくなってしまう。それどころか、生活費だって——。そして、そんなことより何より、この大仰な車では人目に立ちすぎる。そう、この車は本当に人目に立ちすぎる）

　このロールス＝ロイスの車型の名称は、〝銀色の雲《シルヴァノ・クラウド》〟だったか、それとも〝銀色の亡霊《シルヴァノ・ファントム》〟だったか、彼女は忘れてしまった。ずいぶん永いあいだ、彼女はそうやって黙って窓の外を眺めたり、うつ向いて考えこんだりしていた。運転手に向かって何か話しかけたいという様子をときおりは見せたが、それもしなかった。

　運転手のほうも彼女に話しかけはしなかった。彼はただ、さっきからずっと同じように静かに、誠実に、確実にハンドルを握って車を走らせていた。

もうしばらく経ってから、運転手は口を開いた。

「奥様」

「——え？」

「これからどちらへ？」

「え？　あ、ああ、そうだったわね」

サングラスの下で彼女はかすかに微笑した。さっきまでの氷のような表情とはぜんぜんちがう、やさしい笑顔がレンズの下にほんの一瞬、浮かんで消えた。

「ごめんなさいね。わたくし、行先も言わずに走らせていたのね」

「ちっともかまいません。今までにもこうして奥様をお乗せして行先もうかがわずにあちらこちらを走りつづけたことは何度もありましたから」

「そうだったっけねえ」

サングラスのレンズの蔭で、女の眼は夢をみているように細められた。

「そう、そうだったわね、あの頃は。わたくしが新しい脚本《ほん》をもらって役づくりにわれを忘れていたとき、台詞《せりふ》をおぼえるのに夢中になっていたとき、よくこういうふうにして、おまえに無理を言ってこの車を当てもなくぐるぐると走らせてもらったものだったっけねえ」

「はい、奥様」

「そう、あれはまだ、あのひとが元気で生きていて、わたくしたちが夫婦して同じ俳優業をやっていた頃だった。あのひととわたくしが一つ屋根の下にいて同じ仕事をしていたばかりに何かとつまらないトラブルを起こしては悩んでいた頃だった。あのひとが家で台詞をおぼえはじめると、わたくしは外へ出ることにした。もともとはあのひとのほうの付人《つけびと》だったおまえに無理を言って車を出させ、そのなかで自分の台詞を暗記し、演技《しばい》の工夫をしたものだった。あれはつらい、苦しい、でも同時にとても楽しい、張り合いのある時期だった。だって、あの頃はあのひとはまだ死んではいなかったんだもの……」

運転手は何も答えなかった。彼はただ、じっと前方を見据えてハンドルを握っていた。ハンドルを握っている手首には小粒の真珠のカフス・ボタンがにぶく光っていた。仕事中の運転手にはふさわしくない装飾品だったかもしれないが、運転手はそんなことは少しも感じていないらしかった。

それどころか、この車、この主人に仕える身にはじつにふさわしい服飾品だと信じているようでもあった。ときおり、ほんの一瞬だが、彼は手首をちらりと見下ろし、それからまた、何事もなかったようにじっと前方を見据えて運転をつづけた。

彼女はそこまでは気がつかないようだったが、回想にふけるのはやめた。

「そうだ」

と、さっきよりはやや明るい、しっかりした口調で呟いた。

「まず、第一番目の行先を決めなくちゃならない」

「はい、奥様」

「――でも、その前にわたくしはこの車をほかのに乗り換えなくちゃ。こんな目立つ車を乗りまわし、乗りつけては、何もかもたちまちだめになってしまうものね、ふふふ。でも……でも、だからと言ってタクシーだけしか使わないというわけにもいかないだろうけれど」

「――――」

「ねえ、おまえ」

「はい、奥様」

彼女はもっと何か話しかけたそうだったが、やめた。彼女はふたたび窓の外に視線を向けてしまった。

運転手のほうももう一言か二言、言いたそうだったが、しかし、言わなかった。

彼はそのまま黙ってハンドルを握り、アクセルを踏みつづけた。

第二章　花嫁

1

その電話は真夜中近く、突然、ひそやかにかかって来た。

持ち主以外はほんのわずかな内輪の人間、よほど親しい間柄の人間、重要な仕事上の関係をもつ人間でなければ知っていない専用の番号だった。

持ち主が受話器を取って耳に当てると、彼がもうずっと昔に聞き馴れていた声、どこのどんな声よりも讃美し、珍重し、執着した声、なつかしい声、しかし、ここ何年間かはこの受話器からは決して流れ出てくることのなくなっていた或る一つの声が静かに響いてきた。

「もしもし、深瀧《みたき》先生でいらっしゃいますか？　わたくしですが……」

「――――」

受話器を握りしめた深瀧則典《みたきのりすけ》の手に思わず力がこめられた。

相手の名前などたしかめる必要があったろうか？　それは彼が忘れようとしても忘れることのできない声、だが忘れてしまっていなくてはならない声、もうとっくの昔に忘れたと自分に言い聞かせつづけていた声なのだった。

しかしながら、彼はわざとそっけない応対をした。これまた、当然、そうしてしかるべき態度だった。

大体において日頃からこの男はたいていの相手にそっけない、むしろ尊大、傲岸としか言えないような応対しかしないのである。彼が君臨している世界では、彼はひそかに〝天皇〟と呼ばれていた。彼にくらべたら本物の天皇のほうがずっと愛嬌があるにちがいなかった。

「ああ、きみか」

いつもに輪をかけてそっけなく応じた彼は、それでもすぐにこれだけはつけ加えた。

「しばらくだね」

六十歳をわずかに越えた咽喉、酒や煙草や美食やそしてその他もろもろの贅沢三昧の味をたっぷり吸いこんだ咽喉から発したものうい声ではあったのだが、そのずっと底のほうに奇妙にはずんだものがあるのを隠しおおせてはいなかった。

そのことに彼は自分で憤りを抑えきれずにいた。

（今度、いつか、万一、あの女が電話をかけてくるようなことがあったら、おれにできる限りの冷淡な態度で応じよう。あの女に思い知らせてやろう）

と、ここ何年も彼は考えつづけていたのではなかったか？

そして、同時に、あの女が電話をかけてくることはもう二度とあるまい、天地がひっくり返ってもあるまいと自分に言い聞かせつづけていたのではなかったか？

その〝万一〟が起こったのだ。天地がひっくり返ったのだ。彼はつい、自分を裏切ってしまった。無意識のうちに、年甲斐もなく、彼は昂奮しはじめていた。

「もしもし？」

女はそのことを敏感に悟ったようだった。昔からカンのいい女なのだ。よすぎるくらいよかった。よすぎて、それがおりおり、欠点になって彼を怒らせた。たとえば、いつかのあの役のあの見せ場での演技などは彼の与えた演出指示をはるかに通り越して……。

「もしもし、先生、わたくしをおぼえていらっしゃるでしょうか？」

と、女は言った。

充分に礼儀正しく、控えめで、つつましく抑制された言いかただった。かつて彼に向かって投げかけたいくつもの華やかなもの言いにくらべれば別人のようだった。おずおずと遠慮がちですらあった。

にもかかわらず、それはすでに深瀧が決して電話を切ったりしないことを見抜いていた。彼が彼女を忘れてなどいないこと、それどころかたった今の冷淡きわまる応対もみんな彼の虚勢であることを見抜いている口調だった。

深瀧にはそれがはっきりわかった。彼は心の奥で苦々しい舌うちを一つし、よほどガチャリと受話器を置いてしまおうか、それとも、

「いいや、おぼえていないね」

の一言を言い放とうかと思案したのだけれども、むろん、次の瞬間に彼のしたのはそれとは正反対のことなのだった。

「ああ、おぼえているとも、ようく」

彼の指はいっそう強く受話器を握りしめた。

「今さら電話をおかけできた義理ではないんですわ、わたくし。お許し下さいね。でも、かけてしまいましたの。おかけせずにはいられなかったんです」

夜の闇のずっと向こうのどことも知れぬあたりから暗い木々の枝々の葉ずれのよう

なひそやかさで、そっと、やさしく、せつなげに響いてくるその声。どんなヴァイオリンの絃も及ばず、どんなフルートの弁も真似ることのできないその声。

大きく一つ、深瀧は息を吸いこんだ。自分の荒い息づかいを受話器の向こうに気づかせまいと苦労した。

「今、先生はおひとり？　少しお話していてもかまいませんこと？」

「ああ、いいよ」

「そこにどなたかいらっしゃいます？」

「いないよ。ぼく一人だ」

「お仕事中？」

「いや、べつに」

「それではね、手短かに申し上げますけれども、先生、どうかもう一度、もう一度だけわたくしに会って下さいません？」

「――――」

「会って、わたくしの話を聞いてやって下さいません？」

「――――」

彼女にしてはやけにへりくだった、卑屈とさえ思えるような言いかたじゃないかと深瀧は考えた。

が、その意外さよりも快感のほうが先に立った。ほかならぬあの女が今となって彼に対してこんなふうに語りかけてきた、いや、ほとんど泣きすがってきたのだ。これは彼にとってはとろけるような快感だった。

「今さらこんなお願いができた義理ではないことはようくわかっています。誰よりもわたくし自身が、ようく。わたくしは先生の御恩に後足《あとあし》で砂をかけるような真似をしたのですもの」

「そう、よくわかっているね。きみはぼくに後足で砂をかけるような真似をしたんだったね。そう、そうだったね」

深瀧は微笑した。机の上のパイプを引き寄せた。

「その報いかしら、わたくし、ここのところ、すっかり不運につきまとわれてしまいましたの。あのひとと別れたこと、あのひとが死んだことは、もちろん、御存じでしょうけれど、あれから仕事のほうもあまり恵まれなくて、そして……そして……」

「そして?」

「身体の具合いもよくないんですの。もしかしたら、わたくし、もう二度と舞台に立つことはできないかもしれませんわ」

「――――」

「先生、お願い、一生のお願い。もう一度だけ、わたくしに会って！」

「――――」

「そして、相談に乗って下さいません？　昔、よくそうして下さったように。今のわたくしには先生しか相談相手はいないんです。父も――父もだいぶ以前からあんな状態ですし。先生、お願い、もう一度だけ！」

「――――」

もうしばらくのあいだ、深瀧は片手でパイプをもてあそびながら電話の声に耳を傾けていた。微笑と苦笑と冷笑と、そして満足笑いとのあいのこのような表情がたるみかけた口もとにただよって消えずにいた。自分が今、もてあそんでいるものがパイプだけではないことが彼は楽しかった。

「では、あなたがよかったら、明日の夜十時にここへ来なさい」

じきにそうしゃべっている自分に彼は気がついた。なんとか、むっつりと重苦しい声を出そうと努力した。心のなかは躍り狂っていた。

「よろしいんですの？　先生」

「仕方ないだろう、きみがそうしてくれと言うんだから」

〝あなた〟から〝きみ〟へと、言葉遣いはすでに変化していた。

「本当によろしいんですの？」

「くどいね。きみにも似合わないじゃないか」

「でも、先生おひとりでなくては困るんですのよ。どなたもおうちにいらしては困るんですの」

「わかっとるよ。女房や子供たちは明日の夜は例によって別荘へ行ってしまうよ。週末はいつもそうなんだ。きみだってそれを知ってるからこそ明日の夜と言ってきたんだろうが」

「ええ、そうですわ、その通りよ」

ふふふと女が低く笑ったような気が彼はした。ようやく、彼女はかつての彼女らしさを取り戻してきたのだ。徐々に、徐々に。なんと楽しみなことか！

「とにかく、明日の晩は女中にも休みをやって、ぼく一人でここにいるよ。きみほどの大物がわざわざお忍びでお越しになるというのに、無責任な他人の目は遠ざけるのが当然だろう？　当節は昔とちがい、口の固い、律儀な使用人などいやせんからね」

「ふふふ」

今度こそ女はたしかに笑った。相変わらずたいそう低く、ひそやかな声だったが、たしかに笑った。

「では、明日午後十時にな」

「待っていて下さいね、先生。誰にも秘密よ、わたくしが伺うことは」

「わかっとるよ」

電話は切れた。

永い会話で肩と指先がしびれかけていたが、深瀧は気にしなかった。

いったん立ち上がり、書斎の一隅のサイドボードからコニアックの瓶とグラスを出した。パイプにはバルカン葉のタバコを詰めた。ゆっくりと椅子に腰をおちつけ直し、美味と芳香を楽しみはじめた。

明日の夜はこれにまさるであろう、はるかにはるかに。

だが、快楽はそれ自体よりもその〝前夜《イヴ》〟のほうがもっとすばらしい場合がある。あとになってこの言いかたが真実であることを深瀧は——深瀧の魂は——つくづく思い知ったにちがいないのだが、このときはそこまでは無理だった。

椅子にふかぶかと身を沈め、コニアックをすすり、パイプをくわえながら、彼は回想という嗜好品の真只中へと溺れて行った。なんの害も危険もない、無邪気で無料で、しかもなかなか知的ですらある嗜好品だった。遠い昔のことを必ずしも明瞭に思い出せる才能のある人間ばかりではないのだから。

2

（あの女！　あの女優！　あの美人女優！　かつての美人女優！）

そう、かつてのだ。この但し書きは絶対に必要だと深瀧は考えた。

（あれから何年経ったのか？　今はもう、いわゆる女盛りも過ぎて、いい年齢《とし》になっている筈だ。見る影もなくなっているんじゃないかな。美人だった女ほど老けて衰えたときは悲惨だから――）

まさか、と深瀧は打ち消した。が、同時に、彼女が何かよくない病気にとりつかれたらしいという、ごく内輪ながら着実に拡まりかけている噂を思い出した。

そう、げんにさっきの電話でも、彼女自身の口からそれを仄《ほの》めかしていたではないか。〝身体の具合いもよくない〟というたった一言ではあったが。

彼は口もとをゆがめて微笑しようとした。彼は彼女の不幸をよろこんでいい筈だった。しかし――。

それとはうらはらに、彼の脳裏には昔馴れ親しんだその女の美しい姿がくっきりと映し出されてきた。

オフェリアに扮して、少し調子外れの声で唄いながら花をばらまいている彼女。ロクサーヌに扮して、高いバルコニーの上から夜の庭を見下ろしている彼女。ブランシェ・デュボワの彼女。ヘッダ・ガブラーの彼女。メリイ・スチュアートの彼女……。

だが、それらのいずれ劣らぬ絢爛《けんらん》たる扮装と堂々たる演技力を誇示した数々の姿の一番最後に、そのどれにもまして美しく、どれにもまして清らかでいじらしい彼女の姿が浮かび上がってきた。

花嫁姿の彼女だ。

それは扮装ではなかった。花嫁衣裳を着る彼女は、少なくとも彼の演出になる限りでは彼女は一度も演じたことはなかった。

花嫁衣裳は本物だった。彼女の結婚式は本番だった。新郎は相手役ではなかった。列席者はエキストラではなく、教会の祭壇は大道具ではなかった。外につめかけた弥次馬だけは、それがテレビ・ドラマのロケーションであろうと本物の結婚式であろうと花嫁が彼女とあれば先を争って押し寄せたにちがいないのだが。

そして、それから、列席者の一隅に憮然たる表情でじっと控えている自分の姿が深瀧にはありありと見えてきた。

一応、友人代表、それもVIPと呼ばれていい代表としてモーニング・スーツの正装に恰幅のある身体を包み、ゆったりと式次第を見守っているようではあるが、内心の複雑な感情を表に出さぬようにするのに精いっぱいだったあの日の自分。

自分はあのとき、あの席ではまったくの招かれざる余計者にすぎなかったのだと彼は思い返した。あの女は礼儀上、当然、彼を招待客のトップにおいたのだろうし（しかし、彼を月下氷人《なこうど》に頼もうとはしなかったのだ）、新郎もそれを納得したのだろうが、あの日、深瀧はまさしく余計者にすぎなかったのだ。

面白おかしいゴシップ種でさえあれば、そしてそれが大物有名人の口から発せられるコメントならば真相なんかそっちのけでとびつくマスコミ関係の誰かれがその日もその前日も深瀧につきまとい、談話をもらおうとやっきになっていたものだ。

『深瀧先生、とうとう、彼女が結婚することになって、手塩にかけられたという言葉がぴったりの先生としては感無量でしょうねえ？』

『うん、いや、まあ、それほどのこともないがね……』

『たしか、先生が養成所の講師をしていらした頃に入学してきたんでしょう？　彼女』

『そう、公募の試験を受けてね』

『どんな感じでしたか？　その頃は』

『どんな感じと言われてもねえ、うーん、そうだねえ、なんと言ったらいいのかねえ、なにしろ大勢のなかの一人だったからねえ、そりゃ無理だよ、きみ。海のものとも山のものともわからなかったといったところだねえ』

嘘だ、嘘だ、嘘だ！

深瀧はよくおぼえていた。誰が忘れるものか。記憶は、箱のなかにまた箱が入り、そのまたなかにさらに小さな箱がいくつも入っている、あの〝入《い》れ籠《こ》〟のように次から次へとさかのぼり、際限もなくあふれ出てきた。

まだ十代の終わりだった彼女。化粧っ気もなく、服装のセンスも話にならなかった。髪の毛はポニー・テイルに結んでいた。天性の何物かが他の有象無象を圧していた。

稽古事のたぐいは幼時から仕込まれたということで、音楽や舞踊の基礎はなかなかしっかりできていた。が、それだけのことならほかの応募者にも同じ条件の連中は多々いたし、彼女よりずっと大人びて世馴れた者もいたのである。

彼女には単なる技芸の問題ではなく、何かふしぎな魅力の萌芽のようなものがあった。それも、その年頃の少女には似つかわしからぬとすら思われる一種の鋭い気迫のようなものが。

それにしても、正直言って、まさかこれほどの大女優になるとは深瀧だって考えなかったのだ。まさか、これほどになるとは……。

『彼女が最初に先生の芝居に大抜擢されたときは世間はあっと言いましたよね。ぼくらもそりゃ驚いたものです』

インタビューに来た記者はこの種の仕事をしている人間のなかでは年かさのようだった。昔のことをよくおぼえていた。駈け出しの記者では深瀧へのインタビューは無理であることを自分でもよく承知しているらしかった。

『そうだったっけねえ』

かすかにひりひりと痛みはじめた心を隠して、深瀧は鷹揚にうなずいたものだ。

『そして、そのあと、どんな役も彼女は立派にやりこなしましたからねえ、先生。相当にむずかしいと案じられた大役も次々とやりこなした。奇蹟ですよ。先生という名伯楽あって初めて生まれた奇蹟ですよ』

このヴェテラン記者はどの辺まで知っているのだろうか、と深瀧はちょっと考えてみたものだ。

知るものか、どの辺までだって知っている筈はなかった。

彼女を半ば暴力ずくで自分のものにした夜のことなど、深瀧と彼女以外のどこの誰も知ってはいないのだ。いわんや、あれは決して理不尽な暴力ではなく、ああした立場の男女にいかにもふさわしい優雅でやさしい暴力であったこと、彼女だって半ば以上に納得ずくでそれに応じたこと、彼女の抵抗は同じく優雅でやさしい媚態の裏生地にほかならなかったこと等々をどこの誰が〝正しく〟知っているか？

そして、そのあとも永いこと、彼は彼女を〝ものにして〟いた。ずいぶん永いと思われる年月、彼女は彼の言うなりになっていた。彼がかえって首をかしげたくらい、従順だった。ひょっとして彼女は本心からおれを好きなのではないかと彼がうぬぼれたことがあるほどだった。

世間の眼からはそうした二人の間柄はまことに美しい師弟関係と見えた。芸の道、演劇の道に魂を捧げつくした男と女の理想的な結びつきと讃える人も多かった。

深瀧には、当然、妻子がいたが、妻はいかにも〝理解のある〟つつましやかな女性だった。表面に出てきたことは一度もなかった。

また、女優のほうも深瀧の妻の座をおびやかすような行為はこれも一度もしなかった。彼女はよく分際《ぶんざい》をわきまえて行動していたのだ。

才能や実績や魅力に欠ける同士がやったらば、たちまち、世の指弾を浴びても仕方のないような関係が、その世界では〝天皇〟とまで呼びならわされる深瀧の絶大な権力と女優のたぐいまれな資質のおかげでボロを出さなかった。それどころか、それは逆に一種の美談に似たかたちで受け入れられていたのである。

(そうさ、あの女だって、そういう生活がいやならいやと言えた筈なんだ)

と、深瀧はしみじみ考える。

(おれは配役や演出のしごきの点では少しはきびしいことも言ってやったが、それで彼女を束縛したことは一度もなかった。あの女がおれとの仲をいやがっていたのなら、はっきりそう宣言すればよかったんだ。でも、あの女はそうはしなかった。あの女は結局はおれが好きだったんだ。いや、正確に言うならば、おれの力を借りてつかみとった地位と名声が大好きだったんだ)

しかし、これは彼らしくもない、とんだ大甘の誤算だった。そのことを彼はやがて、いやというほど思い知らされた。

彼女は堂々と恋人の存在を公表し、婚約し、正式の結婚式を挙げたのである。芸能界では一大トピックと呼ばれた出来事であった。

新郎は、彼女よりはだいぶ後輩で年齢も下だったが、豊かな才能を保証されてルックスも秀でていた中堅どころの俳優だった。〝似合いのカップル〟と世間は、ただし、やや皮肉をこめて評した。

そういえば、あのときのヴェテラン記者にしてからがその種の言葉をわざとのように口に出して深瀧の反応を面白そうにうかがっていたではないか。まったく、他人の傷口に塩をなすりこむことだけは心得ているあの屑みたいな連中！　いつか、一度でいいから、あいつらに同じことをしてやりたいものだ。もっとも、塩をなすりこむに足るだけの傷口があいつらの心に割れるかどうかだが。おそらく、そんな心はあいつらは持ち合わせてはいまい。あいつらの肉と骨のあいだには安手なプラスティック製の臓器が装備されているだけだろう。

『彼女の結婚、先生はどうお思いですか？　彼女の育ての親としては、やはり、感無量なんじゃないですか？』

記者はしつこかった。こう訊ねたがっていた。

（先生は彼女とははっきり切れたんですか？　新郎のほうはどう考えているんでしょうか？　先生は今後も二人といっしょに仕事をするんですか？　嫉妬は感じないんですか？）

こう訊ねたくてうずうずしていた。劇壇の〝天皇〟に向かってそこまで非礼をやらかせなかっただけの話だ。

深瀧は不承不承に答えたものだ。

『せっかく、女としてのしあわせもつかんだんだから、これからもますます精進して名実ともに大女優になってもらいたいと思っているよ』

そこでちょっと一息ついてから、彼はこうつけ加えずにはいられなかったのだ。

『婿さんも俳優だからね。なかなか大変だろうねえ。夫婦同業、しかも亭主のほうが後輩っていうのはねえ。とくにこの世界ではねえ……』

うんと思わせぶりにつけ加えて彼はインタビューを終わらせたのだった。彼女たち新夫妻の門出に際して何やら不吉な予言めいたものをそれとなく仄めかしたことに満足し、同時にその自分にわけもなく腹を立てた。

そうした彼の胸中を知らぬげに（いや、知っていた筈だ！　当然）、彼女の花嫁姿は美しかった。美しいというだけでなく、堂々としていた。充分に地位を固め、誰からも指一本さされる筋合いのない一人の成功した女がわたくしなのよ、もう先生への恩返しはすんだのよとその姿は彼に向かって宣言していた。

もはや、深瀧当人ですらも彼女の人生の邪魔をする権利はないことを認めざるをえなかった。彼女は立派に彼に借りを返していた。これから先の彼女に対しては深瀧は
『うん、まあね……』

〝よき友人、よき師、よき演出家〟として以外のどんな関係も強制することはできない筈だった。

そう気がつき、自分にもそう言い聞かせるだけの分別は深瀧は具えていた。おおやけにはたしかにそうだった。が、それと時を同じうするかのようにして、彼の心には暗い嫉妬と憎悪がくすぶりはじめたのだ。

（あんなにも手塩にかけたあの女！　そうだ、記者の言葉にまちがいはない。おれはあの女をここまで育て上げたんだ。それなのに……）

哀れなピグマリオン、〝マイ・フェア・レディ〟の愛を得られなかったヒギンズ教授が深瀧だった。

それからの日々、彼は半ば意図し、半ば無意識のようにして或る発言、或る評価、或る感想を彼女夫婦の上にくだしつづけはじめた。それらが知らず知らずのうちに都市をおおうスモッグのように彼女夫婦をおおった。劇壇全体をおおい、マスコミ界にもおおいかぶさった。

彼は成功したのだ。もしかしたら、彼女が女優として成功したよりももっとうまく行ったのかもしれなかった。

その証拠に彼女は世にもみじめな境遇に陥り、ついに今夜は涙ながらに彼に電話をかけて来て明日の夜の再会を乞うたではないか。

彼女はおれに何をすがりたいのだろう、と深瀧は考えてみた。同情？　協力？　援助？　またの愛？　まさか……！

3

あくる日の午後、深瀧夫人と子供たちは近県の湖畔にある別荘へ出かけて行った。もう何年もの慣例だった。

深瀧自身は妻子と同行する場合もあれば、しない場合もある。いずれにしても彼の自由だ。夫人も、大学生になっている長男長女も日頃から何不自由ない生活を彼によって保証されている身であるからして、彼の行動についていちいち異議を申し立てるようなことは決してしない。

それに、夫人はともかく、子供たちのほうは日頃から何かと父親を煙ったく思いはじめているらしく、彼が同行しないと知ると嬉しそうな様子すら示す。子供たちが別荘へは行かれないと言い出す週末もある。彼らは彼らの行きたい場所へ、行きたい相手といっしょに行くのだ。深瀧の収入で。本心を言わせるならば妻だとて子供たちとほとんど同様なのではないかと深瀧は疑ってみることもあった。

とにかく、今や何によってつながっているのかたいしてよくわからない夫婦であり親子であり家庭なのだが、この氷のような〝楽園〟が一応の安泰を保って継続する限り、あえてそれを内側からこわそうとする者もいないのだった。

深瀧自身、人一倍漁色にふけったし、なかでもあの女は誰より熱愛したことはたしかなくせに、自分の家庭そのものを崩壊させようとは夢にも考えはしなかったのだ。一家の主人がこういう姿勢でいる限り、妻子がそれに逆らういわれもない。彼ら全員、何か或る一つのものだけを除いてはこの上なく充ち足りて人生を渡って行けるのである。

使用人たちにも一晩の休暇をとらせた。通常は二人の女中が交替で一人は主人家族について別荘へおもむき、一人が本宅に残る。だが、今夜はここには一人もいなくていい、簡単な酒肴《しゅこう》の用意だけととのえたら明日の夕方まで帰ってくるなと深瀧は半ば強圧的に命令した。二人の女はあっというまにどこかへ消え失せた。

そして今、午後九時四十五分。

深瀧は期待に胸とどろかせて居間にいる。客間から一つづきにつづいている広々とした部屋で、象牙色の絨毯《じゅうたん》、黒檀の家具。東京山の手の閑静な高級住宅地のなかでもひときわ奥まった一角を占める建物の周辺は早春の夜にふさわしくひっそりと静まり返っていた。

今夜の深瀧はいつにもまして念入りに身だしなみをととのえてある。すでに頭髪は薄く、顔にも腹にも贅肉のついた容姿はどう手を加えても今夜の訪問客に似合いの男性とは見えまいが、それでもその頬はサウナ風呂とマッサージと何種類かの高価な化粧品の効力でつややかに輝いている。

着ているのは気に入りのイギリス製の柔らかなキャメルのスモーキング・ジャケットで、その下には胸に頭文字《アナグラム》の刺繍を施した赤葡萄酒色の絹のパジャマ。足にはイタリア製のなめし革の室内履き。

低い大理石のコーヒー・テーブルの上には昨夜と同じくブランデーの瓶もグラスもパイプも置かれ、その横には手伝い女が支度して行った白身魚のテリーヌなどのつまみを盛った皿も並んでいた。

さらにその横には、じつは深瀧が前記のどの愛用品よりも気に入っている狩猟用レミントン銃が一挺、背後の壁の銃架から下ろして横たえられていた。

危険な話だ！　なぜ、彼はわざわざそんなものをテーブルの上に置くのか？　銃をブランデーやタバコやテリーヌのように味わおうというのか？

なに、案じることは一つもない。銃には弾丸がこめられていない。弾丸のこめられていない銃などというものは、せいぜい、腕っぷしの強い脳足りんが力まかせに振りまわしでもしない限り、なんの役にも立ちはしない。

反対側の壁にセットされたステレオのスピーカーからやや小さめの音量で流れてくるのは、彼がしばらく前に自分で選んでかけておいたシューベルトの交響曲第八番ロ短調、つまり、『未完成』である。

これは不満な結果に終わった彼女との情事の果てを自嘲したものなのか、あるいはもっと悲惨な破局を迎えた彼女たち夫妻の間柄を皮肉ったものなのか、あるいは名実ともに大女優の座を登りつめようとしている最中に突如として挫折した彼女の舞台生活に邪悪な拍手を贈る意味なのか、深瀧自身にもはっきりとしないままに無意識のようにして選び出していた曲なのだ。

『未完成交響曲』とは月並み、あるいは感傷的すぎる、と彼は思った。演出家としての彼は必ずしもこの畑に豊かな造詣と趣味を具えているとは言えなかったのだ。仕事の際の選曲は次元のちがう話である。純粋に自分一人の楽しみとして音楽に親しむ機会はむしろ彼には稀だった。自分一人の時間には彼は音楽よりは銃器を、女体を愛する男だった。

しかし、今夜は彼は銃器と女体ともども、ステレオから交響曲の壮麗でしかもいささかパセティックな旋律の流れ出てくるのを望んだ。道具立てに凝る職業柄にふさわしい気取りか、それとも何かの予兆か……?

ソファにゆったりと身を休めた彼はもうすぐそこに迫った至福の時への期待を楽しんだ。絹のパジャマとナイトガウンの着心地を、ブランデーの芳香を、とりわけ銃の台尻の感触をうっとりと楽しんだ。

べつだん、銃の手入れをしているわけではなかった。ただ、わくわくするおちつかないこの一刻を愛用の銃を握りしめたり撫でさすったりすることによってまぎらせていたのである。

一連のまがまがしい回想は彼の心のなかでまだつづいていた。そう、実際のところ、銃よりも彼が楽しんでいるのがそれなのだった。

が、今にして思えば、さすがに悔恨が彼の胸を嚙んだ。彼女とその夫とを苦しめるために彼のとったやりかたがあまりにもおとなげない、まるで姑《しゅうとめ》が嫁をいびるようなやりくちだったからだ。深瀧則典ともあろうものがなんと愚かなことをやらかしたものだ。

(それもこれも、あの女を愛しすぎていたからさ!)

告解室のなかに閉じこもったざんげ人のように彼は少し涙ぐんだ。

初めのうちは彼のその子供っぽいやりくちは、もっぱら彼女の夫のほうに向けられていたのだ。たしかにその男優のほうが彼女よりはランクが下であり、演出家が何かと注文《だめ》を出しても不自然とは誰も考えなかった。

『その演技《しばい》は何だ！　新婚ぼけか？』

に始まり、

『やれやれ、どうあがいても結局は奥さんのほうが一枚も二枚も役者は上だね』

に至る、あの一連の毒舌である。

それを浴びせられるたびに男優の顔は蒼白になり、端整な目鼻立ちがゆがみ、口もとの筋肉がぴくぴくとひきつった。それを見るとき、深瀧は報われなかった自分の愛の苦しみがいくぶんかはいやされるような気がした。

彼はそれに乗じたのかもしれない。あそこら辺でとどまっておけばよかったのだ。それならそれで、彼の毒舌も演出家としての当然の注文、そして去った恋人の愛する夫に対するこれまた当然の感情のあらわれと認めてもらえたであろう。周囲からは、

『〝天皇〟も人間だね。ああしてムキになって彼をいびるところはかえって何やらいじらしいよ』

程度の取り沙汰ぐらいはしてもらえたにちがいない。男優のほうもそれをこやしに芸が進歩したかもしれない。

深瀧の罪は彼女までをもけなしてしまったことだった。よき伴侶を得て容姿にも演技にもいちだんと磨きのかかってきた彼女の値打を内心では充分に認めていたくせに、それと正反対の言辞を弄しはじめたのである。

『土台、たいした女優ではなかったんだなあ。付け焼き刃もいいところだったんだ。おれとしたことが見そこねたよ。この頃のあのだらしのない舞台をごらん！　古典劇の本物の教養のないのも忘れて、ただもう気取ったポーズをとりたがる。あの女の演じたマヤはバビロンの妖婦のようだったし、ノラはメディアみたいだった。イプセンとギリシャ悲劇の区別もつかないんだ。人妻になったことはたしかなのだから人妻役に少しは進境を示すかと思ったら、相変わらずの引出し演技ですませとる。舞台と私生活は別物という常識をじつにはっきりと証明したサンプルだ。いや、驚き入った』

深瀧則典ほどの権威ある人物の発言なので、自分自身の眼力を具えていない有象無象がこぞってこれに雷同した。女優として最高の栄誉の一つである○○賞の有力候補にノミネートされたときの彼女に向けられた見当ちがいの審査評の大半はこうした原因によるものだ。古典劇を云々する能力など一つもない青くさい糞リアリズム信奉者どもが『フェードル』の彼女をピンターかオズボーンの新作でも斬るときと同じ尺度でとくとくと批評したのだった。

そして、世間一般はそんな内情は何一つ知らなかった——。

彼女が怒ったり嘆いたりしたという話は深瀧の耳には入ってこなかった。もともと、めったに内面の感情をあらわにしない女なのだ。ただ、一言だけ、

『批評することは批評されることなのよ』

と彼女が呟いたという噂を彼は聞かされた。

深瀧の呪詛《じゅそ》が効力を発揮したのか、あるいは単に宿命のなせるわざだったのかはわからないが、一つだけ確実だったのは、この落選騒ぎののち、彼女の運勢が急速におとろえたことである。

あんなにも愛し合って結ばれた筈の夫との仲は冷えきり、やがて離婚が報じられた。夫のほうはほどなく芸能界から去ってしまった。しかも、一年も経たないうちに病死した。

当然、彼女が世間の指弾を浴びることになった。真相など何も知らぬ、おめでたい世間というやつの指弾と嘲笑を。未来ある年下の同業者の一生を踏みにじったわがまま女優云々の攻撃だった。それらは主として、一流と目される一般週刊誌・女性週刊

誌のページを飾った。芸能誌・演劇誌はもう少し実《み》のあることも語った。

彼女はほとんど仕事をしなくなった。深瀧を裏切った報いがこうしたかたちで振りかかったと信じはじめたらしい、という噂が劇壇の内部に風のように拡がった。

そして、それから、彼女が何かよくない病気にとりつかれたらしいという噂も、同じく、風のように……。

それらは深瀧の耳をくすぐる、柔毛《にこげ》のようにこころよく甘い風だった。

(可哀相に。少しは思い知ったにちがいない)

勝ち誇り、だが一抹のうしろめたさもこめて彼がそう呟いたのは何カ月、何週間、何日前だったか?

そして、昨夜の電話だ。あの声。あの約束。そして今夜だ。もうすぐだ。

深瀧は部屋のなかを見まわした。

4

ブランデーの香りのただよう空間を照らす灯は深い金色にしぼられ、しどけない薔薇色がかった暈《かさ》すらそのまわりに宿していた。

レミントン銃の銃身の鋼鉄はやがて猛りに猛りたつであろう彼の一物を暗示するかのように冷たく、しかも熱く、彼のてのひらを刺激している。

そして、『未完成』は、やがて、終わりなき第二楽章へとさしかかる頃だ……。

彼女は十時きっかりに現われた。まるで、影のように。

深瀧が錠をはずしておいた門の扉と玄関の扉を通り抜け、廊下を通り抜け、客間・居間とつづく広々としたこの部屋へまっすぐに、ためらいもせずにやって来て、無言のまま、戸口に立った。

彼女の装いがたいしてしどけなくないのが彼は不満だった。もっと色っぽい、色調も布地も仕立てももっと柔らかなのを着てくると思っていたのだ。

細い白い縦縞の入ったダーク・グレイの男物のようなスーツを着てくるなんて！　テイラード・スーツを着てくるなんて！

アクセサリイは真珠と菫《すみれ》の束の花飾り《コルサージュ》か。古めかしい好みだ。まるきり、一九四〇年代のアメリカの淑女《レディ》の好みだ。ミンクのストールには見おぼえがあると彼は思った。が、もう少し見直すと、彼が買い与えた品とはちがっていた。

それでもなお、彼女はすばらしいと彼は思った。久かたぶりのベッドのなかではどんなだろう！　さぞかし――。

「お入り」

と、彼は言った。

「サングラスをお外し。帽子もおとり。せっかくのきれいな顔をなぜ隠す?」

「もちろん、とるわ」

と、あの声が言った。

「でも、その前に、あなた、その銃を手から離して。テーブルの上に置いて。銃口をそちらへ向けて」

声は言った。

「こわいわ、それ」

「ああ、すまなかった」

深瀧は苦笑し、彼女に言われた通りにした。

なんたることだ、彼のほうが昂奮しきっているのを彼女に見抜かれてしまったとは、なんたることだ。

「お入り、早く」

と、何もかも彼女に言われた通りにしてから、彼はやさしく声をかけた。彼は彼女を愛していたのだ。そのことはまちがいなかった。

「さあ、早く！　きみを待っていたんだよ」

　すると、女はひっそりと部屋のなかに入ってきた。

　あくる日の午後おそく、出勤してきた手伝い女の一人が深瀧則典の死体を発見した。死体は客間につづく居間のソファの上にナイトガウン姿で崩折れていた。頸動脈に弾丸の貫通孔がうがたれ、血痕が相当量とび散り、至近距離から発射されたときに見られる銃創のまわりの火薬による焼け焦げができていた。

　故人が愛蔵していたレミントン狩猟銃はコーヒー・テーブルの上に何事もなく置かれていた。弾丸は装塡されておらず、指紋も所有者のものしか付着していなかった。故人はそれを家族にも手をふれさせないのを常としていたのだ。この種の火器を蒐《しゅう》集《しゅう》・所蔵するのが故人の道楽であり、法律上の届け出その他に関しては手落ちはなかった。

　被害者は所蔵の火器とはぜんぜんべつの品で射殺されたのだった。前夜、彼が自邸内で一人きりになりたがったことを女中たちや、別荘から急遽帰宅した家族が供述した。被害者は来客を待っていた。来訪を期待され、歓迎され、容易に至近距離に近づくことのできた何者かによって彼は一発で殺されたのだ。

それ以外、手がかりはなかった。ステレオの電源は切られ、部屋の扉も玄関と門の扉もきちんと閉められ、ただし、施錠はされていなかった。

「心当たりはないです」

と家族、とくに被害者の妻が警察の質問にきっぱりと答えた。

しかし――。


「菫の花が落ちていたんだよ」

と、現場検証から帰ってきた捜査員の一人がなにげなく洩らした。

「造花の菫の花がほんの一本、ソファの上のクッションとクッションのあいだに。布で拵えた小さな造花なんだ。あれは部屋に飾る花じゃないな」

そのときは山田刑事は何も思い出さなかった。

彼はこの事件の担当捜査員ですらもなかったのだ。

5

「あのね、わたくしね……」

　夜ふけの街を走る自動車のなかで、女は依然としてひっそりと運転手に話しかけた。自動車はもう、ロールス＝ロイスではなくなっていた。どこにでも走っていそうな、目立たない種類の、目立たない色合いの小型車だった。女にはロールス＝ロイスのようには似つかわしくなかった。

「おかげで、まずはうまくやれたようよ」

「それはよろしゅうございました、奥様」

　運転手もやはり、ひっそりと静かに答えた。

「本当に、おまえのおかげなのよ」

「――――」

「考えてもごらん」

「はい」

「わたくし一人ではとてもあんなことはできはしない。したくてもおよそ不可能よ。第一、あの拳銃を実際に使えるように改造してくれたことからしておまえの手柄だったわけでしょう。わたくしにはとてもとてもあんなことはできない。舞台の上で偽物のピストルの偽物の弾丸を取ったり取られたりしたことは何度もあるけれど」

「自分が鼻たれの頃に熱中していたつまらない楽しみが奥様のお役に立つようにな

るとはついぞ思いもよりませんでした」

「後悔してるの？」

「――――」

　答が聞こえてくるまでに、ほんの何秒間だが沈黙があった。

　そして、それから、今までにもましてきっぱりとした、今までにもまして静かな声が返ってきた。

「いいえ、少しも」

「そう？」

　女はやさしく微笑した。

　どんなにやさしくほほえんでもまだやさしくし足りないのだとでもいうような微笑だった。

　ほほえみながら、彼女はそっと衿元のあたりをまさぐった。ほとんど無意識のうちにそうしてしまうらしかった。

　彼女だって決して冷静そのものというわけではないのだった。誰がこんなときに冷静そのものなんかでいられるものか！　これは舞台の上の出来事でもスクリーンのなかの出来事でもないのだ。

今また、愛用の鹿革の手袋をはめた彼女の細い指先は、しょっちゅうスーツの衿元をまさぐっていた。その頸の真珠のチョーカーを、その肩にすべらせたミンクのストールをまさぐっていた。スーツのラペルにとめた菫の花束をまさぐっていた。

スーツそのものは、このあいだの夜、着ていたのとはちがっていた。ほとんど同じような地味な品で仕立てても同じくかっちりとしたテイラードだが、べつの服だった。この前のは自宅にぬぎ捨ててあった。

クリーニングに出すわけにはいかなかった。返り血が点々とついているからだ。火薬の化学反応だって発見されるかもしれない。

好きな一着ではあったから、そのままにしてしまうのは惜しかったけれども、彼女はそのままにした。運転手に命じてしみ抜きをさせようとも思わなかった。どのみち、着替えの服はいくらもあるのだし、そのどれもがもうじき不用になってしまうことはわかっているのだ。

彼女はただ、ラペルにとめていた菫の花束には愛着があったので、それはべつにどこも汚されていないのをさいわい、衿から外して今夜着ている服の衿につけ替えたのだ。

何十本もの小さな細い布製の濃い紫の菫の花を束ね、濃い緑の葉をまわりにあしらったコルサージュだった。花は絹、葉はびろうどでできていた。
彼女にしてはかわいらしすぎるアクセサリイだと言う人がいるかもしれない。彼女が、しかもテイラード・スーツの衿に飾るなら白いくちなしか、あるいはいっそメタリック・ゴールドの鋭角的なデザインのブローチのほうが似つかわしいと言う人が。でも、彼女はこの菫の束を愛していた。彼女にはいまだにどこか少女めいたところがあるのだ。古風な少女めいたところが。

　正確には何本の花を束ねてあるのか、彼女もそこまではっきり知らなかった。かよわげなその一輪がたまたま抜け落ちて欠けていたからとて、彼女の指先がそれを識別するわけもなかった。

　彼女はただ、一昨夜、そのあたりの衿元、胸元に加えられた荒々しい男の力を苦く思い出していただけだった。思い出すたびに吐き気をもよおす記憶だった。

　でも、もう、終わった。二度とあのあつかましい腕が、ぶよぶよした指が、タバコくさい息が近々と迫ってくることはないのだ。彼女の身体にふれることはないのだ。めでたい限りだ。

「あのね、おまえ」

　ややあって、ふたたび彼女は話しかけた。

「はい、奥様」

「わたくしはすぐに次のにとりかからなくてはならないのだけれど」

「――」

「次も協力してくれるだろうね？」

「――」

　さっきの沈黙よりはやや永い沈黙がつづいた。

「今朝の新聞で見た限りでは、まだ何一つ手がかりはつかまれてはいないわ。でも、強盗の仕わざではないことは明らかだし、金品目当てでないこともはっきりしている。警察は怨恨の線を追っていると書いてあったからには、早晩、容疑者はしぼられてくるにきまっている。ぐずぐずしてはいられないのよ。そう、わたくしは病気と警察の両方から追いつめられて行くの」

「――」

「一回目が成功したからといって、図に乗ってはいけないということはわたくしだってようく承知しているのよ。こんな所業は天も人も許してくれる筈がないということはようく」

「――」

「でも、それは百も承知で、わたくし、やらなくてはいられないの。わたくしにはもう、これしかすることはなくなったのですもの」

大きく、彼女はため息をついた。

「それに、これはわたくし一人の意志でやることではないのよ。おそらく、あのひとの遺志でもあった筈なのよ。あのひとは、ただし、こんな思い切った行為はせずじまいで一足先に逝ってしまっただけよ。わたくしにはあのひとの分までやる義務があるのよ」

「――――」

「ああ、ごめんなさいね。わたくしのしていることにいささかなりとも大義名分があるかしら？　亡くなったひとまで口実に引き出す資格があるかしら？　ごめんなさいね。わたくし、言い直すわ、これは純粋にわたくし一人の狂気、いいえ、正気からやっていることなのよって。わたくしの一生の最後の生き甲斐なのよって」

「それは私もようく承知しております」

「だったら――だったら――協力してくれるわね？　少なくともあと一度、あともう一度だけは」

「はい、よろこんで、奥様」

「ありがとう。それでは第二幕第一場もしくじりのないようにじっくりと練りましょう」

第二章　喪服

1

その電話もまた真夜中近く、突然、ひそやかにかかって来た。

今回は極秘番号でもなく、有名人用の専用番号にではなかった。ごく普通の住宅電話で持ち主は男性だが、たまたま受話器を取ったのは女性だった。

たまたまとはいっても、この時刻にここの受話器を取るのは十中八九、女性のほうなのだ。ほとんどの週日の夜、ここの主人はまだ帰宅していなかった。

「もしもし」

女性が受話器を耳に当てると、一つの声が響いてきた。

もうずっと昔に聞き馴れていた声、他のどの声にもまして執着し、あこがれた声、しかし、ここ何年も決してこの受話器から流れ出てくることはなく、そればかりかもはや永久にそうなることのない筈の一つの声が流れ出てきたのだ。

「もしもし、山関勢千子《やまぜきせちこ》さんですか?」

「――――」

受話器を握りしめた山関勢千子の手がふるえ出し、顔色はたちまち蒼ざめた。

「あ、あなたは、まさか、あなたは、ま、まさか……」

(死んだ人間が電話をかけてくる筈がない)

とつづけようとしてできず、彼女は絶句した。舌がひきつりかけていた。

すると、その低い男の声はいっそう低く、

「ははは」

と笑った。そして、言った。

「驚かせて申し訳ありません。ぼくの声、そんなに兄に似ていますか?」

「お兄様に?」

「そうです、ぼく、弟なんです。兄が生前、あなたにたいそう世話になったそうで」

「まあ……」

ようやく、勢千子のふるえが止まった。顔色も少しく元に戻った。舌の状態もどうにか。

「弟さんでいらっしゃいましたの。まあ、本当に驚きましたわ。あんまりよくお兄様のお声に似ているので」

「ふだんはそれほど似ているとは言われないんですが」

たしかにその通りだと勢千子は思った。最初の一声を耳にしたときのショックが過ぎてしまうと、それほど驚くようなものではなかった。むしろ、声の質などまるきりちがっているとすら思われた。

ただ、話しかけてくるときの抑揚や息のつぎかたがよく似ていた。生き写しといってもいいくらいだった。そのために、全体がじつにそっくりに聞こえる瞬間があるのだ。

その、よく似ていると聞こえる声が言った。

「こんなに夜おそく、突然、電話して申し訳ありません。しかも、見ず知らずのぼくが奥様にいきなり……」

「いいえ、よろしいんですのよ」

勢千子は思わず、うわずったように息をはずませた。

「あのかたの弟さんなら、見ず知らずとは申せませんわ」

「そう言っていただくと光栄です。あの、今、おひとりですか」

「はい……」

ちょっと口ごもってから勢千子は言った。

「大丈夫ですわ。主人はまだ帰ってきておりませんから」

「そうですか、じつは亡くなった兄がぼくに頼んでいったものがあるのです。兄はあなたにとても会いたがっていました。でもそのことをぼく以外の誰にも言えないで亡くなりました。ぼくに預けられた形見の品をお渡ししなくてはと思いながら、なかなか電話をかける機会がなくて今日まで来てしまいましたが、もし、御迷惑でなかったら、近い内にぜひ会っていただけないでしょうか？　よろしかったら明日かあさっての晩にでも。なるべく早く」

「――――」

「許して下さい、ぼくのほうの勝手ばかり言って。もしかしたらあなたは兄のことなどもう忘れていらっしゃるかもしれないと思ったし、それに――それに――兄の未亡人も、そう、あの女優もいることなんで、ぼくとしてはなんだかたいそう差し出た行為をするような気がして、今日までぐずぐずしていたんです。でも、今度、仕事の都合で遠方へ行くことが急に決まったんで、その前にどうしてもこの件をきちんとしておかないと兄に叱られるような気がして……」

「お兄様を忘れてなんぞおりませんわ、決して、決して！」

思わず、勢千子は受話器に向かって声を張り上げていた。

かつて、その兄なる人に向かって、

『会って！　今夜も会って！　どうしても会って！　奥さんが何よ、奥さんがこわいの？　まあ、なんてかわいいんでしょう。いいから今夜もあたくしに会って！　でないと、あたくし、死んでしまう』

というふうな声を張り上げたとまるきり同じように。

そうだった、ほとんどの場合、勢千子は自分のほうから彼に電話をかけて呼び出し、こんなふうにわめいていたのだ。彼のほうから彼女に電話がかかったことなど、めったになかった。いや、正直なところ、一度もないと言ってよかった。

彼と勢千子との交際は、そもそもは彼女のほうが或る会合の席で彼に紹介されたとたんにすっかりのぼせ上がって、そして……。

「お兄様のことはお亡くなりになってから一日だって忘れたことはございませんわ」

気がついて、勢千子は少し声を抑えた。夫が帰ってきて聞かれてしまったら大変である。離婚されてしまう。

しかし、そんな事態は起こらないであろう。夫はこんな時刻（深夜といってもまだ十二時前だ）に決して帰宅しないし、ときには一晩じゅう帰ってこない夜もある。夫は自分の会社の仕事や交際などで毎晩毎晩忙しい。どこのどんな料亭やクラブで時間を過ごしているのやら、どこのどんな芸者やホステスが侍《はべ》っているのやら見当もつかないが、勢千子がそれを知らずにいる、知ろうとせずにいるのと同様、夫もまた、彼女が自分の留守や自分の目の届かないところで何をしているか知らずにいるし、知ろうともせずにいる。

要するに彼女たち夫婦はもはやたがいに誠実をつくし合うほどには愛し合ってもいない代り、離婚騒ぎを起こすほどたがいに関心を抱いてもいないのである。彼女たちの結婚生活はいながらにしてそれ自体、離婚しているのと同じようなものだった。子供はいないので、その生活にはさらに拍車がかけられた。

今夜、ひそやかな電話をかけてきた男の兄、もう亡くなってしまったあの美男俳優にすっかり心を奪われたのも勢千子にしてみればさして驚くような行為ではなかったのだ。

勢千子と似たりよったりの年齢、似たりよったりの生活を送っている有閑夫人たちが何とやらいうグループを拵《こしら》えて、したい放題の遊びをしてまわっていた。

初めのうちはたいして罪のないお茶の会、持ちまわりのパーティーと称する自宅やホテルの一間での集まり、稽古事の発表会やテニスの同好会、百貨店や高級呉服店や輸入雑貨店などの内覧会などを順ぐりに渡り歩いていたのだったが、そのうちにその程度のことではあきたらなくなって行った。

グループの二、三人が少しは世間に名前の知られた芸能人だの作家だの芸術家だのとどうやらつながりらしきものを持っていたのをさいわい、彼女たちはそういう男たちに接近した。

男たちのほうも充分に彼女たちと肩を並べ得る一群だった。

創造にたずさわる者の自由、冒険、あるいはもう少し実利的に取材の必要性などの都合のいい名目をかかげた、いずれ劣らぬ好色で見栄っぱりな狼どもである。

彼らは機会を見つけては男女ともども、〝大人のお遊び〟とやらを名乗る頽廃《たいはい》的な楽しみに熱中した。『粋人連』というのがその会合の名称だった。

男女とも決して配偶者を同伴したりはせず、秘密の、しかも大胆なアヴァンチュールを重ね、その戦果を誇り合った。

女たちのほうはともかくとして（いわゆる〝自立〟している、きちんとした職業をもった女性はなぜか一人もメンバーには加わっていなかった）、男たちは全員、世間的にはとにもかくにも名前が知られており、妻子があり、それぞれの世界をリードしていると言ってもいい連中なのだった。

〝マスコミ〟、そのなかでも低俗なゴシップ種を追いかける一部のジャーナリズムがこれを嗅ぎつけて暴露しなかったのはふしぎと言えばふしぎだったが、一流（?）の作家、少なくともコマーシャリズムの上での一流作家が何人か関係していたので後難を恐れて書き立てることをせず、そのおかげで芸能界の連中も助かっていたというところが本当だろう。

勢千子が追いかけまわした、今は故人となった舞台俳優はそういう男たちのなかではどちらかといえば地味な存在だったようだ。いや、彼の容姿や魅力は地味どころか他を断然引き離していたのだが、性格的な理由から彼は他の連中ほどには放埒《ほうらつ》になりきれなかったらしい。

彼にはどこか、いつも、まちがってこんなグループに入りこんでしまったと言いたげなところがあった。それならそれできっぱりとやめればいいのに、誘われれば結局は出かけてきて一座に加わり、アヴァンチュールにも加わった。いつでもどこかうしろめたそうな雰囲気がただよっていた。

（あれは奥さんのせいだったのよ！）

彼の妻。一流中の一流の舞台女優として活躍している妻。相思相愛と噂される年下の夫を確保し、なおかつ、昔の恩人ないしパトロンたる大物の演出家との仲をささやかれながら平然としてスタアの名声をほしいままにしている美しい中年女。

（あれにくらべれば、あたくしたちのしていることなんか、そう、あたくしたちのしていることなんか……）

彼女のことを考えるとき、勢千子の彼に対する気持は二重の意味で燃えさかった。あの女優のしていることにくらべれば、勢千子のしていることなどはたかが欲求不満の人妻の哀しい遊びにすぎないではないか。そう、勢千子だってかつてはよき妻、よき母を心がけていた日々があったのだ。そして、彼女はそれを九分九厘果たした。彼女の人生は半ば以上、夫のためにあった。子供は今はいないが、流産・早産は何度も経験した——。

われに返った勢千子は受話器に向かって熱っぽく繰り返した。たいそう久かたぶりに彼女はいきいきしはじめた。

「お兄様のことはいまだに一日も忘れたことはございませんわ。本当ですのよ。それが、まあ、その弟さんからお電話を頂戴するなんて、そしてお兄様のお形見まで頂けるなんて、まあ、本当に夢のようでございますわ。あたくしのほうは明日の晩でもいつでも結構でございます。どちらで、何時にお会い致しましょうか？　あたくしは午後過ぎのほうが……」

勢千子はすばやくあたまのなかで美容院での所要時間を計算していた。シャンプーとセットと、そう、美顔術もやらせよう。それから、マニキュア、ペディキュア、マッサージ。

（弟って何歳《いくつ》ぐらいなんだろう？　兄さんよりもいい男かしら……）

2

あくる夜、十時少し前、山関勢千子は都心をやや離れた超高層ホテルの最上階に近い、そしてこれだけは疑いもない最上等の客室にいた。

南西に面した大きなガラス窓の向こうには、黒びろうど地に宝石細工を施したような夜景が拡がっている。

またたきつづけるネオンの光、ビルの窓々の灯。ひっきりなしに流れてくる黄玉《トパーズ》の洪水は高速道路をこちらへ向かう自動車のヘッドライト、流れて行く紅玉《ルビー》の洪水はかなたへと走り去る車のテールライトである。

昼間は決して美しい一方とは言えぬこの大都会も、この時刻にこの位置から見下ろせば、遠い宇宙の果ての未来都市かとみまがうばかりの姿を惜しげもなくさらけ出すのだ。

勢千子は窓際のソファに腰を下ろし、少し前にチェック・インすると同時にルーム・サーヴィスに運ばせたウイスキーの水割りのグラスをゆったりと味わいながら夜景を眺めていた。

ウイスキーはやがてここのドアをノックする客のために上質のモルトの銘柄を選んでボトルで注文してある。ペールにあふれた氷塊が天井の灯を反射してキラキラ輝いている。ミネラル・ウォーターとソーダの瓶も輝いている。

そして、彼女がありったけのおしゃれ心を総動員して耳や頸や指や手首に飾りたてた宝石類も、もちろん、大いに輝きまくっている。

そもそも、着ているオレンジ・レッドのタイ・シルクのドレスからして金糸を織り込んであるので、ちかちかとまぶしい光を放つのだ。それに合わせて彼女が選んだアクセサリーの造りはすべて金である。イヤリングとネックレスはルビー、指環は猫眼石《キャッツ・アイ》、ブレスレットは細い純金のチェーンを幾重にも重ねて手首に巻きつけるかたちのものである。

だから、勢千子全体がまるで緋と金の色素の化身のようであり、そこにさらに満艦飾のイルミネーションがとりつけられたごとくで、その姿はさながら表通りのパチンコ屋の出血サーヴィスの広告看板に似て見えるのだった。

勢千子自身は少しもそんなふうには考えていない。大体、パチンコ屋などには一度も足を踏み入れたことのない女なのである。パチンコ屋という言葉を聞いただけで、彼女の耳は腐って落っこちてしまうかもしれなかった。

彼女は自分にふさわしい場所は山の手の高級住宅地と称する一画を占めるわが家(それは正確に言えば彼女の夫の〝わが家〟だったし、また山の手でもなかった。彼女は山の手と郊外の区別も知らない人間である。さらには、高級住宅地と新興住宅地の区別も知らない人間である。ちょうど、下町と場末の区別も知らない人間がいるように)、会員制のテニス・コート、超一流のフランス料理のレストランやホテルのバー、客室、ひいてはヴェルサイユ宮とかウインザー城とかだけだと信じているらしいから。

とにかく、まだカヴァーをはがしてないツイン・ベッドのほうをときおりちらりちらりと盗み見ながらグラスを傾けている現在の彼女の心境は愛人フェルセン伯爵を待つマリー・アントワネットもかくやと思われるばかりのものだった。

これから、もうじき、そのベッドの一つの上で展開されるであろうスリルにみちたアヴァンチュールへの期待で、彼女の頰はともすればだらしなくゆるみかけてくるのだった。

（皺取り整形をもう一度やっておいて、本当によかった）

さっきもこの部屋のバス・ルームの鏡に映した自分の姿を思い出しながら、彼女はしみじみと心で呟いた。

手をかけ、金をかけて美容整形したその顔は年齢にくらべて不自然なくらいの張りと光沢にみちていた。度の過ぎた人工美だけがしばしば示す、もはや美とは呼べない一種のむなしさをすらただよわせているその顔。荒涼とした、その顔。

その顔に、もう一度、彼女はパフをはたいた。口紅を塗り直した。

人生のたいていの局面において大得意になることしか知らない女なので、仕方ないといえばいえるのだが、しかし、この夜、その性癖がふだんに輪をかけて発揮されながらも、彼女は何かの予兆を感じとっていたのか？

うっとりと、だが、さすがに少しはそわそわとしはじめて来た手つきで、勢千子はグラスを口へ運んで行った。

テーブルの上に置いた金ラメのハンドバッグから煙草の箱とライターを取り出して

一本抜いて火をつけ、一口吸ってすぐにもみ消す。

すぐにまた、新しいのを一本つける。

ドレスのスカートの拡がり具合いを直し、ネックレスの位置を直す。

窓ガラスの向こうの夜景にしばしじっと見入る。そういうポーズをとると、自分が豪華なラブ・ロマンスの女主人公になったような気がするのである。勢千子は本などは日頃からたいして読みはしないが、たまたまつき合ってベッドまでともにした作家や俳優がいると、その連中の作品や出演作品には一通り目を通したりもする。わかりもせぬのに、する。

何カ月か前に火遊びの相手にした或る高名な小説家の作品などは、勢千子は自分でもよくわかるような気がして拾い読みにふけった。地方の一都市に住み、大都会の汚濁を軽蔑し、日本古典文学の伝統を継ぐ耽美派の巨匠ともてはやされるその白面の作家はホテルのベッドのなかでは長髪をかき上げかき上げ、勢千子の股間に顔を埋めて夜の白むのも忘れたのである。さすが耽美派だ、と彼女は嬉しかったものだ。

そしてまた、あの俳優のときは……。

勢千子は全身をふるわせた。部屋のなかを見まわした。

同じホテル、同じ客室、同じツイン・ベッド。同じ夜景。

同じ自分。

彼だけがいなかった。

勢千子は煙草をふたたびもみ消した。ハンドバッグからコンパクトを取り出し、口紅を取り出した。丹念に口紅を塗り直してから、マスカラやアイラインのつき具合いをたしかめた。セットしたばかりの髪にも、かるく手をふれてみた。

コンパクトの小さな鏡面に映る彼女の表情はいつになく和《なご》んでいる。奇蹟と言ってもいいくらい、やわらいでいる。

想い出は彼女の顔と心をやさしいものに変えたのだ。

彼女には、あの俳優がベッドのなかで彼女の頰に頰を押しつけながらふと呟いた声がもう一度聞こえてくるような気がした。

『ああ、やっぱり、女はこれでいいんだよなあ……』

『これでいいって、どういう意味なの？』

男が思わず洩らしたらしい言葉の含みを勢千子が感じとらない筈はなかった。それでもなおかつそう訊ねずにいられないほど、あのときの彼女はしあわせだった。

男は、それ以上はもうその種の言葉は口にしなかった。不用意に、つい、口に出してしまった一言らしかった。

だから、そのあとは勢千子がほとんど一人で夢中でしゃべりつづけたのだ。

『ねえ、あなた、奥さんに不満があるんでしょう？』

『――――』

『わかってるわよ。どんな大女優だか名女優だか知らないけれど、奥さんとしては失格よ。夫に今みたいなことをしみじみ言わせるようじゃ』

『――――』

『あたくしはあなたと今夜はこうしているけれど、主人と二人きりのときは妻としてのつとめはちゃんと果たしているわ』

『――――』

『あなたの奥さんて本当に最低ね。世間では演劇界のおしどり夫婦などとうたわれていながら、旦那様には何一つして差し上げていないなんて、最低だわ。あたくし、あなたに代ってあのひとを叱って上げる。ええ、叱って上げますとも。でも、その前に……』

それから勢千子は大きく一つ息を吸いこみ、全身をふるわせながら男の股間へ顔を埋めて行ったのだ。

例の耽美派の作家のときとは正反対だった。貧相な末生《うらな》りづらに度の強い眼鏡をかけ、長髪をかき上げながら能面だの古文書だのの話を勿体ぶって勢千子に聞かせるくせに、ホテルのベッドではさすがの彼女もうんざりするほどしつこく痴戯にふけった、あの純文学作家。

（それにくらべたら、あのひとは――）

あの、若くして逝った俳優が勢千子はいとしくてたまらなかった。そして、そのぶんだけ、彼の妻なる存在が憎かった。彼女はほとんど義憤すら感じていたのである。

3

勢千子が俳優の妻である女優に電話をかけたのは、その二、三日後のことだった。それまでにも男に会いたくなると、勢千子は委細かまわず電話をかけるようになっていた。

初めのうちこそ少しは遠慮していたものの、次第にわが物顔に彼を呼び出すようになった。電話に応じるのはたいてい使用人の誰かしらで、たまたま俳優当人がすぐに受話器をとることはあっても女優のほうが出てくることはまったくなかったので、勢千子も図に乗ったのである。

そして、それは彼女の目的にとってはまことに都合のいい成行だったにもかかわらず、女優がちっとも電話口に出てこないのが勢千子の心に奇妙にいらいらするものをかき立てた。

駈け出しの新人ならばいざ知らず、その女優ほどの地位と名声を固めている存在がマネージャーや芸能事務所も通さぬ外部からの電話にいちいち出るはずがないということは、勢千子にしても知らないわけではなかったのだ。

それにしても——。

いや、それだからこそ——。

4

今でも勢千子ははっきりと思い出すことができる。

あれは午前中だった。面識もない相手にいきなり電話をかけて呼び出すにはどちらかといえば非常識な時間帯だった。

ダイアルをまわし終わり、受話器にぴったりと押し当てた勢千子の耳に思いがけなくあの女優の声が聞こえてきたのだ。

勢千子ですらもが舞台やブラウン管で聞き馴れた、あの特徴のある、しっとりとした女の声。天性の響きと口調に加えて、正規のトレーニングと不断の修練がいよいよその美しさを増したプロフェッショナルの声。人工の恋をささやき、人工の恋を嘆き、ときには人工の呪いや殺意さえも叫び、呟き、語りかけて観客や視聴者を一喜一憂させる。〝値千金《あたいせんきん》〟の声。

声は芸名を名乗らなかった。本名も名乗りはしなかった。

そうする代りに声は言った。

『もしもし、お早ようございます。——の家内でございますが』

男の名前が口にされた瞬間、勢千子は頭にかっと血をのぼらせていた。

『あ、あなたが奥さま？　あのかたの？　はあ、まあ、なんてひどい奥さまでらっしゃるんでしょう！　あなたには奥さまの資格なんかおありになりはしないじゃございませんか！』

ひとたび拍車がかかるや、罵倒は次から次へと彼女の口からほとばしり出た。

数日前の夜、男の一物を深々と嚥《の》みこみ、その分泌物をもっと深々と嚥みくだしつくした咽喉だった。彼女はその感触をいとおしみながら、むしろ陶然と罵倒の数々をほとばしらせた。

『あなたがどんなに偉い女優さんでいらっしゃるかどうかは存じませんがね、旦那様にちゃんとしたこともして差し上げられないで、何が奥さまですの？　大体、女というものはね、男のひとといっしょになって仕事なんかするものではありませんのよ。女は家庭を守り、子供を育て、旦那様につくすものなんでございますのよ。それをきちんとやっているからこそ、少しは——そう、少しは羽根をのばす資格もあるというものですわ。あなたにはその資格は何一つないじゃないですか！』

『——』

『お、お可哀相でございますわね、本当にお可哀相ですわね、あなたも、あなたの旦那様も』

『——』

『旦那様は毎晩のようにあたくしと楽しくやっていらっしゃいますのよ。嘘だとお思い？　おほほほ、嘘だとお思い？』

『——』

『でしたら、旦那様に直接訊いてごらんあそばせ。旦那様のお友だちの皆さんにも訊いてごらんあそばせ。旦那様のお友だちは皆さんが旦那様とあたくしの味方よ。あんな女房を持った彼は気の毒だと皆さんがおっしゃっているんでございますのよ。おわかり?』

『――』

相手がいつまで経っても一言もしゃべらず、さりとて電話を切る気配もなかったので、勢千子は調子に乗ってまくしたてつづけたものだった。

電話線のはるか向こうで驚きのあまりか、あるいは痛いところを衝かれたショックのあまりか、反駁する気配も示さず、ただ黙りこんで勢千子の罵倒の前になすすべもなくなっていたらしい女優の息づかいだけが伝わってきた。

それが、勢千子を有頂天にさせた。電話口で呼び出した時点ではまだ少しははばかりもあったのだが、たちまち、彼女は得意の絶頂へと登りつめた。あの名女優なる人物が彼女の罵言《ばげん》の前に一言もなく立ちすくんでいるのがじつにこころよかった。

まったく、勢千子にとって、それはどんな男とのセックスよりもこころよかった。株式市場一部上場の一流会社の重役ではあるが、もはやすっかり冷えきった関係にある夫、新婚の頃の愛情はどこかへたがいに忘れ去った夫とのそれはもちろん、それまでに彼女が経験したどの火遊びの相手よりもよかった。

正直言うならば、女優の夫の美男俳優とのそれよりもずっとよかったのである。

あの電話事件を思い返して、山関勢千子はふうっともう一度、大きくため息をついていた――。

あの俳優があの女優と離婚し、劇団も去り、やがて病いを得てそれこそまるで嘘のようにあっけなく死んで行ったことが、勢千子の脳裏をまたもやよぎる。

葬儀の席へは勢千子は行かなかった。行きたかったが、はばかられた。

彼女はテレビの主婦向け番組で葬儀の様子を見物した。

かつて、毎晩のようにともに乱ちき騒ぎにふけった『粋人連』の有名作家や芸能人たちがそんな気ぶりは露ほども見せずに神妙に焼香をし、そら涙を流し、インタビュアーに何やら答えるのを彼女は眺めていた。死んだ男への恋ごころも少しずつ薄れかけていた頃だ。はっきり言うなら、出世コースを外れてしまった俳優に対して彼女は以前ほどの情熱は抱かなくなっていたのである。

未亡人――正確には元未亡人だが――の姿には、しかし、たいそう興味深く見入った。

大女優は、むろん、喪服に身をつつんで、うつむきがちに立っていた。インタビュアーやリポーターにはどちらかと言えばしっかりした口調で応対し、質問に答え、会葬者たちに深々と頭を下げた。

勢千子はその姿を喰い入るようにみつめた。

（女優ってたいしたものだ）

と、彼女は思った。

（あの悲しそうな表情のうまいことといったら！　妻としては失格、母親にもなれなかったのにああいうお芸居だけはなんて上手なんだろう。いかにも、彼のために尽くしたよき妻といいたげな風情だわ）

それから、女優の喪服に勢千子は注目した。

（古くさいわ、あの服）

というのが、まず、勢千子の評価の第一印象だった。

彼女だとて相手にむき出しの敵意ばかりぶつけていたわけではない。もう関係のない存在になった相手なのだ。だが、自分の恋仇《ライバル》があのスタアだという思いがくやしかった。

（古くさいわ、貫禄がありすぎて古くさいわ。あの袖のかたちの、あの裾丈の長さの古くささ。帽子にわざとらしいネットなんかつけて、そしてあの真珠のネックレスもだいぶ古物らしいわ。可哀相に、あの女は新しい宝石は買えないでいるのね……）

そのとき、ホテルのドアにノックが聞こえた。

山関勢千子は回想からわれに返った。そうだ、今夜は葬式だの喪服だののことを考えている夜ではない。

今夜はあの男の弟に会う夜だったのだ。それも先方からわざわざ、兄よりは数等若々しい、そしてためらいがちな声で誘いかけてきたのだ。

勢千子はゆっくりと立ち上がった。ゆっくりと立ち上がろうとしたのだが、足がもつれていた。

ドア越しに彼女はささやいた。

「どなた?」

ささやいたのではなかった。彼女はほとんど呼びかけていた。彼女だけが自分はささやいていると錯覚していた。

「ぼくです。——です」

まちがいようのない、あの声が聞こえてきた。

勢千子は腕時計を見た。いつでもこういう場合はこうしていたのだ。細い純金のチェーンを幾筋も重ねた蔭に隠れたような〈ピアジェ〉の針は午後十時十二分を指していた。

勢千子はほほえんだ。ドアを開けた。

「ああ、あなた……あ!」

しかし、入ってきた人間の姿は彼女にはよく見えなかった。

「騒がないで」

と、その人間は言った。

「騒がないで」

もう一度、相手は静かに言い、それからもっと静かに勢千子のほうへ近づいてきた。

5

あくる朝十一時半過ぎ、そのホテルの客室の電話のベルは鳴りつづけていた。

コール・サインを十回鳴らしつづけ、いったん切ってもう十回鳴らしつづけたホテルの電話交換手は依然として応答がないのを知ると、あらためて時刻を確認してから、その階のベル・キャプテンの番号をまわしはじめた。

数分後、ベル・キャプテンとボーイが二人してその客室のチャイムを鳴らし、ドアも何度か叩いたが、やはり、なんの応答もないので、とうとう合鍵を使用して部屋に入った。

このホテルの正規のチェック・アウト・タイムである時刻をすでに相当に過ぎてい

た。

客——前夜、〝山咲つせこ〟という名前でチェック・インしていた中年女の客はベッド・カヴァーをかけたまま未使用のツイン・ベッドの一つに半ば上体をのけぞらせたかたちで、ヴァーミリオン・レッドのドレス姿で倒れていた。

たっぷりと脂肪のついたその頸《くび》には、何かをきっちり巻きつけて力いっぱい絞めた痕が残っていた。ために、被害者の両眼はとび出し、舌は口の外に突き出て、両手はむなしく空《くう》をさぐったまま硬直していた。

犯行は前夜の真夜中前後と推定された。

叫び声だの争う物音だのを聞いた者は一人もいなかった。

高級、高層マンモス・ホテルのなかでもとりわけて高級とされるホテルであり、客室の一つであるので、壁や床や天井の造りはしっかりしており、物音が内外ともにたがいにシャット・アウトされているのは当然だった。

何日か前に発生した、演劇界の〝重鎮〟が自邸で射殺された事件を連想する人物は、まだ、いなかった。

とにかく、前夜、その客室をおとずれて難なくなかに入れてもらい、容易に被害者に接近、ごく単純な手口でやすやすとその生命を奪ってのち立ち去った犯人の姿を見かけた者は、少なくともこの階では一人もいなかったのだ。

そして、ひとたび、エレヴェーターに乗り込んでこの階を離れてしまえば、あとはどこで、いつ、その人物がエレヴェーターを降り、ホテルを出て行こうがあるいは行くまいが、誰がいちいち関心を抱くであろう？　その人物が、

『私は殺人をするためにこのホテルの○号室へやってまいりました』

と大書したプラカードでも掲げていない限りは。

いや、当節のことだ。たとえそんなものを掲げていたって、第三者たちはちらりとそっちを見やり、くすっと笑い、

（ああ、また、何かくだらないテレビ番組の御趣向か）

とかえって視線をそむけるだけかもしれない。

そんなものに真剣になって興味を示せば示すほど、やがて、

『あー、残念でした。○○チャンネルのびっくりカメラ番組でございました』

とやられて、さんざん嘲笑されるのが関の山かもしれないのだから。

ただ、客室の予約係及び電話交換台と慎重に話し合った警察側は、前夜十時少し前、〝山咲つせこ〟なる名前でチェック・インしているはずの客の部屋番号を問い合わせてきた男の声があったことを聞き出した。

当の山咲なる女客自身が交換手にわざわざ、

『外部から電話が入ったら、部屋番号を教えてあげて』

と念を押していたのである。当番の交換手がそのことを証言し、記録のメモを呈示した。

〃山咲つせこ〃は殺人者とデートしていたのである。もちろん、そうとは知らずにであろうけれど。

その〃山咲つせこ〃の身許が割れるまでには、警察は或る程度の時間を必要とした。

こうした場合、この種の女性客が必ずしも実名や実住所、実の電話番号を名乗ってホテルの部屋をとるわけではないからである。また、だからといって、ホテル側がいちいち、それが実際のものであるかどうかをたしかめたりはしない。

ホテル側は予約した時刻に客がチェック・インし、チェック・アウトし、部屋を汚したり殺したり殺されたりなどせずにちゃんと金を支払ってくれればいいのであって、ただでさえホテル戦争と呼ばれる難局のしのぎを削っているとき、キング・コングだろうがフランケンシュタインの化け物だろうが客をチェックしてなどいられないのである。

だからと言って、被害者となったこの女性客の身許が判明するまでにたいそう永い時間とひどい手間がかかったというわけでなかった。

　この女性がさる一部上場株式会社重役を夫に持つ、何不自由ない有閑夫人であることは比較的スムースに割り出された。〝山咲なにがし〟なるとってつけたような偽名を裏付けてあまりある資料が、いくつも発見されたからである。その金色のハンドバッグのなかの〈グッチ〉と金文字の捺された財布にはダイナース・クラブのカードやクレジット・カードのたぐいがぎっちりと詰めこんであったし、夫の名刺までもごていねいに詰め込まれていた。

　どうやら、情事の場にまで亭主の肩書と収入なしでは臨めなかった女性であったとみられた。

　しかし、この女性が消息通のあいだでは〝相当なプレイ・ガール、いや、もはやガールとは呼べなくなった年齢ではあるけれども〟として通用していた白痴美人だったことまでが明らかになるには、それよりはもう少し時間と手間がかかったのだが。

　警察は俄然、緊張して、捜査を開始した。この紋切り型の表現がぴったりと似合う状況だった。

　山関勢千子は売り出しの女優でも歌手でもタレントでも作家でも作詞家でも評論家でもなかったが、警察陣の職業意識プラス何ものかを煽《あお》りたてるに足るだけの値打は具えていた。

刑事たちは、そう、少なくとも、どこかのドヤ街のどぶのなかで文無しの初老のアル中の浮浪者が死体となって発見された場合よりは張り切って仕事に取り組みはじめたのである。

この時点では、先の深瀧則典の殺害事件と山関勢千子の殺害事件とをいきなり結びつけて考える者は一人もいなかった。

事件の発生した時刻は酷似していた。発生した場所もどちらかといえば接近してはいた。

それだけだ。

手口は相違していた。発生場所にしたところで、地理的にやや近かったというだけのことであり、片方は自邸、片方はマンモス・ホテルの客室である。関連性は一つもない。

そして、深瀧は山関勢千子に会ったことは一度もなく、山関は深瀧則典を情事の相手に考えたことはこれまた一度もなかったのだった。

彼女はおそらく、深瀧の名前も知らなかったにちがいない。彼女は演劇なるものは（古典劇も近代劇もひっくるめて）たいして識らず、たとえ知っていたとしてもそれは主として美男・美女を売り物にしている人気俳優たちの、それも演劇よりは私生活のゴシップ中心の知識だった。演出家だの脚本家だのという存在は勢千子の意識からはほど遠いのだった。

また、深瀧のほうにしても、勢千子と知り合っていたとして、果たして彼女を情事の相手にしていたかどうか。勢千子程度の女なら、深瀧はその権力の及ぶ範囲にいやというほどたくさん知っていたのである。それも、勢千子よりははるかに若く、美しく、少しは演劇論もたたかわせることができ、そして勢千子よりははるかに金銭的に恵まれていない、絶好の獲物をたくさん。

この二人の被害者のあいだを結ぶつながりは、現在のところ、どんなヴェテラン捜査員にも見出せる段階のものではなかった。それは当然だった。

しかし——。

「真珠が一粒落ちていたんだよ」

と、捜査員の一人がぽつんと洩らした。

「たいそう上物の白真珠が一粒、あそこの客室のカーペットの上にね。ほんの一粒だったが、見逃しようはなかった。あそこのソファの下にでもころがり込んでいてしまったとしたら、どうだったかな？　いや、いずれはあの現場は徹底的に洗うことには変わりはないがね。また、真珠がたいしてころがって行くような、つるつるしたカーペットではなかったからね。え？　うん、被害者《がいしゃ》のものじゃないんだよ。被害者は真珠は一つも身につけていなかったんだ」

捜査員は山田刑事に向かってしゃべっていたのではなかった。

それに、山田刑事としても、そのときは上《うわ》の空《そら》だった。自分の担当でもない事件の話にいちいち耳を貸しているひまは彼にはなかった。

彼には彼のちょっとした担当の仕事（殺人でもなんでもない、ごくつまらない、しかし、普通の刑事が日課のようにして取り組まなくてはならない一連の仕事）があったし、それに、無事に手術は終えたもののまだ入院している妻もあったのだ。

彼はその日、勤務の寸暇を割いて、妻の見舞いに行ったのである。

こう言ったからとて、べつだん、彼がしょっちゅう勤務をサボッて私的な用事にかまけていたというのではない。

事実、手術の日の騒ぎ以降、一週間のあいだに初めて彼は妻の病室をおとずれたのだった。

一週間経てば彼女は退院できるというふれこみだったからである。つまり、見舞いではなく、退院の手伝いに行ったのだ。いかに多忙の刑事だからといって、今度は救急車の助けを借りるわけにはいかなかった。署のパトロール・カーの助けなどは、むろん、とんでもない。（アメリカあたりでは、しばしば、その種の公私混同ないし役《やく》得《とく》行為は平然とまかり通っているらしいが）

山田刑事の新妻は術後の経過もよく、上機嫌で予定通りに退院した。

『盲腸の手術なんぞは今どきタイヤのパンク直しより簡単』

と医者が言っていたと聞かされて、彼女はいささか憤慨しながらもうなずいていた。

『そうなのよ、あなた。もしかしたら、タイヤのパンク直しどころか、どんなつくろい物よりも簡単なのかもしれないわ。だって、一週間入院してたあいだ、先生は一度も患部を診ないのよ』

『――――』

『回診のとき、

〝やあ、どうですかね、御主人は難事件を追って活躍中ですかね。社会派ミステリーのなかじゃ、刑事は大変な活躍をするんでしょう？〟

なんて無駄口を叩いて、ついでにぽんぽんてあたしの肩を叩いて、それっきりで行っちゃうの』

『ふうん――』

『そしてね、ね、ね、あなた、聞いてよ、今朝の抜糸のときに初めて傷口をみて、〝やあ、とてもきれいにひっついたぞ。どこのどんな博士《はかせ》よりぼくの手際には自信があるんですよ。ほら、とてもかわいい、小さな傷跡でしょう？〟だって。ね、ね、あなた、どう思う？』

ここにおいて山田刑事は非常に苦々しげに呟いたのだった。

『そ、その医者はきみの腹を見ることに何やらよろこびを感じているのかね？　そして、き、きみもそいつに自分の腹の傷を見てもらえないうちは退院したくないと思っていたんじゃないのかね？』

『まあ、あなたったら何を言ってるの！　あなたも刑事なら、そんなくだらないことは……』

ずっとこうしたやりとりを交しながらアパートへ無事に妻を送り届け、すぐまた仕事に戻ったりもした直後だったので、山田刑事が同僚の雑談にたいして注意を向けなかったのは仕方がないと言えるのかもしれない。

そう、このときも彼は何一つ思い出さなかった。

6

「あのね。わたくしね……」

　女は目立たない色彩とタイプの小型車のシートに身を沈め、やはりひっそりと目立たない色彩の服をまとった姿で、静かに運転手に話しかけた。

　夜の闇よりも静かな声。この一週間ばかりのあいだにさらにいっそう暗く、静かに沈みがちになったその声。

「二度が二度ともこれほどどうまく行くとは思わなかったのよ」

「――――」

「とくに二度目は、おまえの協力、声と、そして――そう、とにかく大変な協力なしでは成功は不可能だったんだわ」

「――――」

「しかも、おまえはずっと以前、わたくしに電話をかけて罵言を浴びせかけたあの失礼な女のことをなぜかよく知っていてくれた。ねえ、一体、なぜ、そんなによく知っていたの?」

「――――」

「そして、おまえはあの女の身許も電話番号も突きとめてくれた。まったく、一体、どうやってそれができたのか、わたくしにはわからないのだけれど。そう、おまえがそれをわたくしに教えてくれた時点では、わたくしにはむしろどうでもいいようなものでもあったのだわ。あの女に電話をかけ返して同じようなばかげた罵言を浴びせかけることなど、わたくしは考えてもみなかったのだもの。わたくしがそれほどくだらない人間ではないことはおまえもよく知っている筈だものね。少なくとも、このあいだ、病院で最終的な宣告を聞くまでは、あの女の電話番号なんかわたくしにはまったく必要のないものだった……。ねえ、おまえ、怒っているの？」

「いいえ。どうしてですか？　奥様」

「だって、わたくしが何を言っても一つも返事をしてくれないんですもの。そうやっておまえが黙りこんでハンドルを握っているだけだと、わたくしは本当に心細くなってしまう」

「申し訳ありません、奥様」

「それはたしかに、昔、わたくしが車を走らせながら一人で台詞の練習をしたときには、わたくしが何をぶつぶつ呟こうがあるいは大声でわめこうが気にするな、絶対にちがうのよ」
話しかけたり相槌を打ったりしないでと言いつけてあったっけね。でも、もう、今は
「申し訳ありません、奥様」
「ねえ、おまえ、結局はわたくしのやっていることに反対なのだろう?」
「――――」
「わかっているわ。それが当然なのだもの。でも、許してね。これだけは約束してお
く。わたくしがすべてをやり終えて逮捕されるときは決しておまえに迷惑のかかるよ
うにはしないつもりでいるからね」
「そんなことがおできになる筈はございません、奥様」
「――――」
「そのくらいは奥様も御承知でしょうが」
「――――」
今度は女のほうが黙りこむ番になったようだった。
「こんなふうなやりかたであなたに御協力するということは、つまりは私も同罪を覚
悟しているということにほかなりません。それでなくって誰がこんなことを実行する
ものでしょうか、たとえ奥様の御命令でも」

「――」

「あなたのお気持は私にはようくわかっていますので、とにかく、おっしゃられる通りのことだけはしています」

「ありがたいと思っているわ、心から、本当に心から」

「もし、それでしたら、奥様」

「え？」

「もう、これでおやめ下さいませんでしょうか？」

「――」

今度は二人ともが沈黙した。

さして永くはつづかなかった沈黙だった。が、それは女と男とのあいだに、厚ぼったい、重い、目には見えぬ透明な膜のようにぴったりと垂れこめた。

ややあって、女は顔の前の帽子のネットを静かに上げた。沈黙だけではなく、その黒い網目までがさすがにうっとうしかったと思える。

「いいえ」

ネットをどけてしまってようやく決心がさらにはっきりしたとでもいうように、女は口を開いた。

「これでやめるわけにはいかないわ。あと一つだけ、どうしてもやらなくてはならないの。お願い、許しておくれ」

「――――」

「でも、もう、おまえには迷惑はかけないですむの。世話を焼かせないですむと思う。どのみち、もう、拳銃は使わない。ああしたモデル・ガンの改造品でやってのけることができたのが奇蹟というものだもの。そしてまた、おまえに声色を使ってもらう必要もないの。最後はわたくし一人だけの力でやれるの。純粋にわたくし一人だけの力でね」

「自信がおありなのですか？」

「あるわ」

女は微笑した。

「だって、相手は寝たきりの老人《としより》なんですもの」

「――――」

「拳銃を使う必要も、相手の頸を思いきり絞める必要もまったくないのよ。危険を承知で人目を忍んで自宅をたずねて行ったり、おまえに声色を使わせてそっとホテルへ呼び出してもらったりする必要もなんにもないの。この相手には手続きさえ踏めば誰だって会いに行けるんだし、とくにこのわたくしが会いに行くのは当然のことだからね。それに、万一、その場でわたくしが発見されて捕えられたとしても、それでもう何もかもいいわけだからね。ただ、そうなる前に目的だけを確実にやってのけるようにちょっと気をつけさえすればいいわけだからね」

「はい」

「もう何度か行ったことのある場所だし、相手についてもようく知り抜いている。こんなたやすい仕事はないのよ」

「わかりました」

「そして、その上——」

「は？」

「そういう相手だもの。わたくしのしようとしていることは、もしかしたら、或る意味では善行になるかもしれないんだわ」

「おっしゃる通りですね、奥様」

運転手も微笑した。

もはや彼には微笑するだけしかすることはないと悟ってでもいるような表情に見えるのだった。

そして、そうしながらも彼は手だけは冷静にハンドルにかけ、注意深く前方を見据えながら車を走らせて行った。

ついこのあいだまで彼が全権を一任されて、わが子のように、いや、おそらく、恋人のように大切にしながら運転し、手入れし、管理していたあのみごとな〝王侯の自動車〟にくらべれば、現在のそれはまるで玩具か家庭用品とでも呼んだほうがいい乗り物だったのだが、彼の態度は変わっていなかった。

ただ、その横顔にかすかな悲しみのような表情がただよっているだけだった。微笑がとっくに消えても、その表情はそのまま消えずにそこにただよっていた。

運転手はべつだんハンサムとか美男子とかの形容のふさわしい顔立ちではなく、そう言えば、女がかつて夫に選んだあの中堅俳優の端麗な面ざしとは雲泥の差があると言ってもいいくらいだった。それはほとんど、〈ロールス＝ロイス・シルヴァー・ファントム〉と、現在、彼が運転しているこの実用小型車との差、いや、もしかしたらそれ以上のものがあると言ってもよかった。

なぜなら、彼が女優を乗せて走らせているこの実用車はたとえ〈ロールス＝ロイス〉にはあらゆる点で及ばなくとも、自動車としては完全にその機能を果たしていたし、〈ロールス＝ロイス〉には具わっていない長所だって具えているからである。小まわりの利く、その手軽さ、手頃の価格、手頃の維持費……。しかも、この車には〈ロールス＝ロイス〉をしのぐ或る種の新しい美しさが具わっているとまで言ってもいいかもしれないのである。

だが、彼の場合は――。

彼は自分の唇がきつく嚙みしめられるのを知ったと思った。

運転しているあいだは彼の唇は彼の唇ではなく、彼の眼は彼の眼ではないのだ。それは彼女のために使われている唇であり、眼なのだ。唇はきちんと閉ざされていなくてはならず、眼はしっかりと開けられていなくてはならない。どんなことがあっても。唇を嚙みしめたりなんかしては彼はいけないのだ。少なくとも、女主人を乗せてこうして車を走らせているあいだは。

もちろん、眼に涙なんか浮かべたりしてはならない。そんなことをしていては前方不注意で事故を起こしてしまう。

運転手は気をとり直したらしく、眼も唇も身体のほかのどの部分も運転手、それもドライヴァーではなくお抱え運転手《ショフール》にふさわしい状態にきちんと保って、車を走らせて行った。

彼が非の打ちどころのないお抱え運転手であることはどこの誰が見たって明らかだ

った。

もう少し走ったあたりで、じつにばかげた話ながら、彼はもう一度唇を噛みしめた。

一粒の涙を眼に浮かべた。

それだけだった。

彼のやとい主はそんなことには気づいてはいなかった。

きっと、彼女は彼女なりの思考に没頭していたのであろう。そして、彼もまた、彼なりのそれに。

「そうだった、もう一回だけ、おまえに協力を頼まなくてはならないんだわ」

ややあって、女が言った。

「もう一回だけ。でも、今度は本当に声だけでいいのよ。それも声色ではない声でいいの」

運転手はうなずいた。うなずきながら、彼はかすかに笑ったようだった。

第四章　天使

1

その部屋には電話はかかってこなかった。深夜も、むろん、昼間も、夕方も、一日じゅう。

その部屋に電話機がないというわけではなかった。電話機は立派にあった。真っ白な、清潔なのが。

多くの場合、そのベルが鳴ってそれを取り上げるのは、あるいはこちらからそれを取り上げてどこかのベルを鳴らすのは、上から下まで真っ白な、清潔な服装をしている女たちなのだった。

彼女たちは、たいてい、電話機の置かれている少しそばをちらっと見やりながら、静かに、そしてたいそうビジネスライクにこんなふうにしゃべる。

そう、それが彼女たちのビジネスなのだから。

「はい、異常ありません。脈搏、体温、呼吸、すべて異常ありません。はい、大丈夫です」

そして、彼女たちはもう一度ちらっとそこを見る。ベッドの上を。

その上にもう何年も何カ月も横たわっている一人の老人を見る。それから、彼女たちは手にしたカルテをもう一度見直し、本当に何一つ異常がないことをたしかめると、そそくさとこの部屋を出ていく。

あたりまえだ。

彼女たちの誰一人として、そのベッドに横たわっている人間の形骸みたいなものに本心から興味を抱く筈はなかった。彼女たちはただ、その人物、つまり、患者の一人を厳密に臨床学的に観察して、その結果を上司に報告すればいいのだ。それでいい。

その人物が有名人であるとかあったとか、実力者であったとか財力家であったとか、善人であったとか悪人であったとか、いや、まだ〝あった〟という表現はおかしい、〝ある〟とするべきだ、とにかく、まだ生きているのだからといったような論議は、じつはもうどうでもいいのであった。

なぜなら、その人物はすでに人間としての資格を九分通り失いつくしてしまったに近い存在だったのだから。

たしかに、その老人はまだ生きてはいた。しかし、死にかけていた。

むしろ、そうした状態になりながらいつまで経っても死なないので周囲の人々も本心は呆れはて、うんざりしているというところが正しい表現なのである。

こうした状態になりながらもなお、死ぬのを惜しまれ、なんとか回復させようと周囲が懸命の努力や祈りを捧げるたぐいの人物だって、むろん、たくさんいる。

しかし、この老人はそのたぐいの人物ではないのだった。

ただし、財力だけは彼には水準以上に具わっていると見える。

静かな夜の一刻――。

老人がいるのはこの種の状態に陥った人間が置かれることのできるなかでは最高級と言っていい設備を具えた病室のベッドの上だった。

白いシーツと白い掛け布団のあいだに、白い枕に頭を載せて、老人は口を軽く開き、眼はぴったりと閉ざして昏々と眠りつづけている。かすかに、まるで申し訳のように呼吸しているらしい。

それでも、酸素吸入装置のマスクが顔にかぶせられていないところをみると、今にも息が絶えんばかりというほどの容態でもないのだろう。

老人は生にしがみついていた。しがみついていることを自分ではわからないくせに、執念のようにしてしがみついているのかもしれなかった。

そのほかの装置はほとんど、作動していた。

とりわけ、二十四時間連続点滴用のチューブが老人の右の鎖骨のあたりに針で刺し込まれて固定されて間断なくその機能を発揮していた。チューブの一方のはじはかたわらに立てられた金属製のハンガー・スタンドに吊ってあるビニール袋へとつながっている。袋のなかには強力な栄養剤の溶液がたっぷり含まれている。

通常の点滴装置であれば、その都度、腕や足の静脈に針を刺し、固定し、一定時間の点滴を終わったら、また、やり直さなくてはならない。

しかし、この鎖骨附近の動脈に直接に針を刺してそのまま固定しつづけるやり方であれば、二十四時間、いや、何日間でも注入液の袋を追加するだけで四六時中、点滴ができるのである。

内臓がひどく弱っていて飲食物をとることのできない患者、この老人のように末期的症状にある重症患者には多くこの処置がとられる。

早い話、老人がいまなお細々とこうして生き永らえていられるのは、この便利な医学の恩恵があればこそなのだった。

そのほかにも、ベッドの裾のほうには排泄物の処理の役割をつとめる管だの袋だのがいろいろと取り付けられている。心臓の状態を記録する装置、脳波の状態を記録する装置、ＥＴＣ、ＥＴＣ……。

それらの各器具をしなびた身体のあちこちに突き刺されたり、くっつけられたりして、まるでテレビ受像機かコンピューターの内部をむき出しにしたような恰好で老人は眠りつづけていた。

この病室のみならず、どの病室もしいんと静まり返っている。どの部屋にどんな病人がいるのか、あるいはいないのか、少しもわからない。廊下も同じくひっそりと静まり返っている。

真夜中に近い、春の一刻。

担当の看護婦もその日の最後の巡回を終えて、自分たちの控え室のほうに引き揚げて行った。

文字通りの危篤状態に陥った患者ならばともかく、まだ酸素吸入も必要としない程度の容態なのだから、この老人の部屋にもべつだん夜通しの付き添いがついているわけではなかった。

事実、まるきり死んだように見えるときのあるこの老人は何かの拍子でふいに眼を開け、信じられないくらい元気な様子で看護婦に好色な冗談をとばしたり、医者に不平をこぼしたりするのである。

だから、万一、夜中に何かの異常を当人が感じたら、すぐさま枕もとの非常用ブザーのボタンを押す筈だった。

そうすれば、控え室で病室番号を並べた表に明滅する赤ランプを見て、夜勤の医師や看護婦がただちに駈けつけてくることになっている。

老人は、たとえ重態ではあっても、現在のところ一人で寝かせておいて大事ないのである。

湘南の海辺に近い、ごく贅沢な個人経営の有料老人ホームに附属している病院のなかの一室だった。

このホームに肉親が入居しているのであれば、その家族や友人はいつでも好きなときにここをおとずれて面会したり見舞ったりすることができる。

いや、ホームのほうはともかく、病舎のほうは面会時刻として一応の制限は設けてあった。

しかし、よほどの重態か特殊な症状でない限り、見舞い客、とくに病人に近しい家族が好きなときに好きなだけ出入りするのをべつだんきびしくとがめる人間がいるわけではなかった。

一般の病院とはちがい、巨額の入室料を前払いして入っている上客たちだけで成り立っている施設なのである。患者とその家族に対する医者たちや看護婦たち、事務員たちの態度は一般病院のそれとは根本的に違っていた。

入居者、入院患者の家族友人は四六時中、好き勝手な時間に来ては帰って行く。大体、ここに入居できるような資格を具えている人間たち、その周囲の人間たちは、生まれつき、公共の規則や制限などはたいして重んじようともしない性格に育っている人種が多いのだった。彼らはありとあらゆるわがままを、横車を、自我を平気で押し通そうとする。彼らの金や地位や肩書がそうさせるのである。

そして、経営者の側もそういう彼らを支持し、歓迎することのほうが多いのだった。経営者以外の従業員、すなわち、医者や看護婦、付添婦のたぐいはそういう彼らを必ずしも支持・歓迎はしなかったけれども、黙認することには馴れていた。いや、黙認せざるをえなかった。そうしなければ自分たちのほうがここを追い出されてしまうのだし、医者や看護婦だって客たちの地位・肩書はともかく、金は大いに好きなのは当然だった。

しかし、この老患者の場合、一応も二応も重症患者の部類に属していたし、その夜はもう真夜中近かった。二重の意味で、見舞い客が勝手に入りこむのを病院側が阻止しても不都合はなかったのである。

もし、病院の玄関ポーチの前の車寄せに停まる自動車を見た夜勤の事務員か看護婦かがいたら、当然、受付で一応はチェックをしたにちがいないのだ。もし、その車から降り立って玄関を入り、受付のカウンターの前を通って病室の並ぶほうへとつづいている廊下をそっちへ歩いて行く人影を見たならば、当然。

しごく丁重な態度であれ、とにかく、その人物の姓名を訊ね、何号室の患者をおとずれるのかを問いただしたであろう。危篤の患者の枕頭に駈けつけるのならともかく、時刻がいささか非常識であることも一応は注意したにちがいない。患者が熟睡中、あるいは意識不明瞭であるという理由で面会を遠慮させることだってあり得たかもしれない。

それでもどうしても客が患者のそばへ行きたいと言い張ったとすれば、前記のように、ここの病院側にはそれを拒否しつづける姿勢は必ずしも存在してはいないし、あるいはまた、客がそっと財布からなにがしかを取り出して応対者の手に握らせ、しいっと唇に指を一本あててかるく片眼をつぶって見せてから平然と歩み去る、というような事態だって起こり得るのであるが。

そう、ここではどんなことだって起こり得るのだ。

が、車寄せに停まった自動車を見た者は一人もいなかった。あたりまえだ。自動車なんかその夜ふけには一台も乗り入れてこなかったのである。

女は影のように病院の門を歩いて入ってきた。車はだいぶ離れたところで降りたのである。公衆電話のボックスが一つ、ぽつんと設置されてあるところで。

女が病院の玄関に着く頃合を見はからって、運転手は車を降り、ボックスのなかに入った。受話器をとって、ダイアルをまわした。

病院の受付の夜間用の電話が鳴った。応じた夜勤の事務員は、どこかの酔っぱらいらしい男の声がよく意味のわからぬ訴えをめんめんとくり拡げるのに辟易《へきえき》しながらも辛抱づよく耳を傾けていた。病院という機関の性質上、どんな訴えも冷淡にしりぞけるわけにはいかなかったし、それに事務員のほうも夜間の一人きりの受付の勤務に退屈していたのである。ここは一般病院とは違い、救急車がとび込んでくることもなく、急病人が駆け入ってくることもないのだから。事務員はまったくの〝念のため〟に交替で夜勤をつとめているにすぎないのである。

電話はカウンターの一隅にあったが、永ったらしい酔っぱらいの話を聞かされて半ばうんざりし、半ばからかい気分で相槌を打っているうちに事務員が無意識にカウンターに背を向けた何秒間かがあった。

女はやはり影のように、いや、影よりももっと静かに、すばやく、カウンターの前を通り抜けた。前と言っても、すぐ前ではなかった。玄関ホールは広々としており、廊下はその一角から奥へ伸びている。受付へは寄らずにまっすぐに廊下へ通る来訪者だってたくさんいるのである。

この夜ふけ、かかって来たいたずら電話の応対に追われていたお人よしの事務員が、何メートルか向こうの壁ぎわをすっと通り過ぎたほっそりした一つの影にまったく気づかなかったとしても無理とは言えなかった。

2

——女は相変わらずダーク・グレイ系統の服装だった。

影のように、影よりもはかなく、暗く見せるのにはこれが一番効果的な色なのだ。

ただし、今夜はテイラード・スーツではなく、あっさりしたデザインの春のコート姿だった。コートの前明きからちらりと覗くドレスの色は、コートよりは淡い、曇りガラスのようなグレイ。それはときに、猫柳の絮毛《わたげ》のようなにぶい銀色にきらりと光りもした。それはまた、コートの肩にかけたサファイア・ミンクの毛皮のストールの色合いにもよく調和していた。

そして、黒い手袋、黒いサングラス。透きとおるようなグレイのストッキング、華奢なグレイのスエードのパンプス。

彼女はまるで煙水晶かムーン・ストーンの化身のように見えた。淋しい宝石だ！　彼女であれば、メキシコ・オパールの虹の光彩こそ似合ったであろうに。

煙水晶の化身は音もなくその病室に入ってきた。入るとすぐ、ドアをぴったりと閉ざし、内側から錠を下ろした。そのまま彼女はドアを背に、両手をその背にまわしてドアによりかかるようにしながら、じっと立ちつくしていた。

ほとんど、何も聞こえない。

老人の寝息はただでさえあるかなきかである。点滴装置の液体が透明なチューブのなかを一滴ずつしたたり落ちる動きは確実で休みなかったが、音などは聞こえてこない。病室のなかは暗いが、真の闇ではなかった。白いカーテンの垂れこめている窓の外は仄かに明るい。庭の常夜灯の光がかすかに反映しているのだろう。

　女はしばらくのあいだ、そうやって立ちつくしていたが、やがて、決心したようにつかつかとベッドの枕もとのところへと歩み寄った。じっとベッドの上を見下ろした。

　その頃には暗がりに眼も馴れ、それに彼女がこの部屋に入ってこの位置に立つのはこれが初めてではなかった。彼女はすでに何回かそうしていた。

　が、今夜のような目的のためにそうしたのはこれが初めてだった——。

　この暗い部屋に眠ったきりの相手とただ二人、相対しているときですら、彼女の物腰は依然としておちついていたし、何一つマナーに欠けるところはなかったが、しいて言うならば全体の雰囲気はどこか、一抹の焦りに似たものがうかがわれるのだった。

　それは、これまでの二度にわたる〝犯行〟に際しては鵜《う》の毛ほどもうかがわれることのなかったものだ。

　彼女とてばかではなかった。それどころか、決して向こうみずな狂人でも痴人でもなかった。自分のしていることの〝狂気〟は、自分ではっきりと承知していた。

　そして、捜査の手が次第に伸びてくるであろうことは何よりもはっきりと彼女は承知していた。

　前回、前々回の二つの殺人は、非常な幸運と協力者の存在とによって初めて実現できた、奇蹟に類するものに近かった。今回だって同じくだ。げんに、今回は協力者はいらないと言ったものの、やはり、彼女はそれを必要としたではないか。

自分はどうしても自分一人では何もやり抜くことができないのだ、と彼女はふと思った。いつだって彼女には誰かの、何かの協力が必要だった。とりわけて幸運という名の、たいそうとりとめのない存在が必要だった。

自分では立派に一人で生きているつもりなのに、それは錯覚だったのだ。可哀相な、死にかけている一人の女！

だが、幸運だけあったからとてやはりああまでうまくは運ばなかったであろう。彼女はそう考え直した。

彼女に決意がなかったならば、何一つできはしなかったであろう。

何かをどうあってもやりとげよう（たとえ、その何かがどんなに異常な事柄であったとしても）と決意した人間だけにときおり生じてくれるらしい、このやぶれかぶれのエネルギーだ。それは彼女にしっかりとつきまとって離れずにいた。まるで、この前の犠牲者の頸にしっかりとからみついたあのしなやかな凶器のように。

老人の枕もとで、彼女はかすかに身体をふるわせた。あのときの感触がよみがえったのだ。

その余計なものを振り落とすかのように彼女はふたたび顔を高くもたげた。

「おとうさま」

ベッドの上の枯木のような人物に向かって、彼女は低く呼びかけた。

声にしただけではわからぬことではあったが、彼女のその呼びかけは文字にしてみた場合、

〝お父様〟

よりは、

〝お義父様〟

あるいは、

〝お舅様〟

と記したほうがふさわしいような口調だった。

それとも、いっそ、

〝この悪魔！〟

とでも。

しかし、この老人が決して彼女の義理の父親、つまり、舅《しゅうと》でも養父でもなく、実の血を分けた親子であることは誰よりも彼女自身がようやく承知しているのだった。

「おとうさま……」

もう一度、彼女は呼びかけた。

返事が聞こえてくる筈もなかった。

老人は重病人というよりは何やらたいそうまがまがしい不吉な生霊――とにかく、彼がまだ生きていることはたしかなのだから――のようにそこに横たわっているだけなのだった。

しかし、そんなことを言ったら、深夜の特別個人用病室で眠りつづけている老人の枕もとに立って低く彼に呼びかけはじめた女の姿のほうがはるかに生霊、いや、亡霊に似ていたかもしれない。

そう、女はすでに死んでいる何物かに似ていた。生きながら死んでいる何物かに。瀕死の床にいる老人のほうが今なお生命にしがみついている点においては大きな力をまだ残しているのにくらべると、彼女のほうがはるかに死人に似ていた。

彼女と死霊とを分かつものが一つだけあった。彼女がそこに立って語りかけはじめ、記憶をたどりはじめた、ということだ。サングラスの蔭で彼女の眼はレンズよりも暗く、大きく見ひらかれていた。

（おとうさま……）

もう、たとえ低くても声に出しては彼女は呼びかけなかった。その代り、心の奥深いところでたてつづけに彼女は語りかけはじめた。

(わたくし、とうとう来たわ、とうとう。ここへ、わたくしの最後の仕事をするために……)

3

相手が聞いていようがいまいが、たとえ聞こえたとしてもその内容をきちんと識別するだけの体力や知力を残しているかどうかは女にとってはどうでもいいらしかった。

(最後にはどうしてもここへ来なくてはならなかったのよ、おとうさま。その理由は、あなたはようく知っていらっしゃるでしょう？)

彼女は大きくため息をついた。

(正直に申しましょうか、わたくし、あなたには恨みも憎しみもないのよ、ほかの人たち、このあいだ、わたくしがこの手にかけてきた人たちに対するほどにはね！

あなたがわたくしの母を一生、正妻の座につける意志なしに玩弄物としてなぐさみつづけながら、わたくしが生まれたら、認知して私生児にしなかったのをとっこにとって母の手からわたくしを奪《と》り上げたことも、そのために悲しみの底に突き落とされた母があわれな自殺をとげたことも、そして、ああ、そして……そして……）

するると、初めて女のサングラスの蔭に何かが光った。それは一筋の糸をひいて女の白い頰をしたたり落ちた。

暗いレンズの焦点が彼女の遠い記憶のなかのどこか一カ所にゆっくりと合った。レンズの向こうに無限に拡がる、ふしぎな追憶の世界が脳裏いっぱいに映し出されてきた。たいそう古い、色あせた、彼女しか見に行かない映画館のスクリーンに映し出されるフィルムのように。

母親。

水の垂れるような、つややかな黒い髪の毛をつぶし島田に結い上げて稲穂のかたちの簪《かんざし》をさした母親。

稲穂の房が白い横顔に揺れている。母親は黒地の着物を着ている。家紋の沢瀉《おもだか》が白く、両胸や両袖に浮き出している。着物の裾のほうはいちめん、紅や濃紅や鶯色や鬱《う》金《こん》色で六歌仙が染め抜いてある。裾は母親の足もとをゆったりと取り巻いて、曳かれている。母親が誰かに手伝ってもらって締めて、背中の半ばで垂れるように結んだ幅の広い帯は金属製《メタリック》かと思うくらい厚くて硬い織物で、鱗《うろこ》のようにぴっしりと金といぶし銀の糸で短冊の柄を描き出してある。

彼女はその母親を見上げている。まだ幼いので、母親の着物や帯の柄のことなどはそのときはまだ何一つわからずにいる。

母親がまとっている豪華な着物も帯も莫大な借金のもとにあることなど、むろん、一つもわからずにいる。

彼女はただ、母親の足もとにすわりこんで、ぼんやりと見上げている。母親が顔を動かすたびに揺れる髪飾りを自分も欲しいと思って手をさしのべる。でも、届かない。母親はやさしく微笑して彼女を見下ろす。彼女のさしのべた小さな手をそっと握りしめたりもしてくれる。

しかし、彼女を抱き上げたり抱きしめたりはしてくれない。

『あ、だめ、だめ、よごれるからだめ。着物がよごれるよ。ほら、ちょっと頼むよ、この子、向こうへ連れてって』

母親がこんなふうに呼ばわると、誰かが来て彼女を抱き上げて向こうへ連れていく。

(ああ、ちゃあちゃん、ちゃあちゃん)

と、彼女は叫ぶ。

(ちゃあちゃんの着物をよごしたりしないから、もう少しだけちゃあちゃんのそばに

いさせて。お願いだから、もう少しだけ）

母親のことを彼女は幼いときにはいつも〝ちゃあちゃん〟と呼んでいた。〝ママ〟とか〝かあさん〟などとは呼ばなかった。もちろん、〝おかあさま〟などとはただの一度も呼びはしなかった。

そして、また、もう少し彼女が大きくなってからのことだ。

ある夕方の母親。彼女の手を引いて、ゆっくりゆっくり歩いている母親。

そのときは髪を結い上げてもいないし、豪華な黒い衣裳の裾を足もとにまつわらせてもいない。

ごく地味なかたちの髪に結い、お化粧も淡く、そしてそのときの空の色をもう少し濃くしたような色合いの立て縞の着物を着ていた母親。

彼女は母親と二人きりで歩いて行けるのが嬉しかった。なぜかというと、その年、彼女は小学校の通知簿で国語でAをもらったからだ。数学ではAをもらえなかった。しかし、そんなことはどうでもよかった。

「あのねえ、ちゃあちゃん――」

「――」

彼女はときどき、いっしょうけんめいに母親の顔を見上げるが、母親は彼女のほうを見てくれない。

「ねえ、ちゃあちゃん！　あたしね、Ａもらったのよ」

「――」

「ね、ね、ちゃあちゃん、あたしね、あたしね――」

つないだ手にだけ、ときどき、ぎゅっと力がこめられる。母親は彼女のほうをちっとも見下ろしてくれない。でも、母親が決して彼女を無視しているわけでも憎んでいるわけでもないことはわかる。

母親は泣いている。声をたてずにひっそりと泣いている。そのことも彼女にはわかる。

わかるけれども、彼女にはどうすることもできない。母親が、なぜ、声をたてずに泣いているのか、なぜ、泣きながら歩いているのか、なぜ、彼女の手を引いて外に出たのか、これからどこへ行こうとしているのか等々は彼女には少しもわからない。

彼女はただ、母親の手をしっかりと握ってついて行く。とても嬉しい。母親の泣くのを見てしまうと自分も悲しくなるから見ないようにする。とにかく、歩いて行く。母親といっしょであれば、行先がどこであろうと心配はない。

だが、やっぱり、母親が泣いているのが不安である。いつもは泣いたりしない母親なのだ。若く、美しく、やさしい母親。まわりじゅうのみんなに、なぜか、〝おねえさん〟と呼ばれている母親。彼女がいつか、まわらぬ舌で、

「おねえさん」

と呼びかけようとしたら、

「だめよ、ちゃあちゃんよ」

とやさしく訂正した母親。（なぜだったのだろう？）

母親と二人で黙って歩いた夕暮れの記憶は彼女の脳裏に今夜の服装のような色彩のトーンで染みついている。うら淋しい、はかないブルー・グレイの黄昏《たそがれ》。猫柳の絮毛のとぶ夕暮れ。いや、あれはたんぽぽの綿毛だったのか？

その夜なのか、べつの夜なのか、家に帰って食べた薄紅色と薄水色のボンボン菓子の記憶。母親の涙のように透明で、うす甘い味のした砂糖水。どこかから聞こえていた三味線の音。いつだって幼い彼女の耳には三味線の爪弾きや撥《ばち》の音がこびりついていた。いつか、誰かしらが家のどこかで弾いていたのだ。低い唄声もしていた。

〽ほんに思へば十六夜《いざよい》は、名よりも年は三つ増し、

今年十九の厄年《やくどし》で……

それから急に、彼女の記憶のなかから母親が消えて行く。爪弾きの音も唄声も消えて行く。ボンボンの砂糖水の味も匂いも消えて行く。

何か、ひどく泣き叫んだ記憶。母親と永久に引き裂かれてしまうという恐怖に全身をふるわせ、声を涸らして泣きじゃくった記憶。そして、その恐怖は現実になった。彼女は悪夢を見ていたのではなかったのだ。お伽《とぎ》ばなしの絵本のなかの悪い王に誘拐されたのではなかった。

現実だったのだ。

（おとうさま……）

心のなかで彼女は呼びかけ直した。父親の邸へ連れて来られて以来、ずっとそう呼んでいた。そう呼ぶようにしつけられた。父親の夫人は〝おかあさま〟だった。それは彼女の母親でもなく、〝ちゃあちゃん〟でもない女だった。

（そして、あなたは、子供のなかったあなたは、もう決してわたくしの母とは会わないという条件、わたくしをも母には会わせないという条件で奥さんを説得し、承諾させて、わたくしを母の手もとから引き取ったのね。正式に入籍されて、わたくしはあなたがた夫婦の子供になった。条件を呑んだ母が、しかし、そのあとどうなったかは、もうやめます。あなたも、そして、わたくしもじきに母のところへ行くのだから……）

ベッドのかたわらの女は、サングラスの下にそっと片手を入れた。

自分が悲しくて泣いているのではないことを彼女は知っていた。少なくとも、彼女はもうじき、愛したほんのわずかな人々の待つところへ行けるのだ。ベッドの上で眠り込んでいる人物もいっしょに行くのだと考えるとうんざりしたが、同時に旅立つわけではないのだし、向こうへ着いてからもいっしょということはないだろうと考え直した。どのみち、向こうでまでもつきまとわれたら、そのときはむろん、もう一度……そう、もう一度……そう、何度でも……。

すると、またもや、グラスの暗い鏡面におぼろげなイメージが映し出されてきた。古い映画館の画面のようなイメージが。

今度のはそれほどは古くない。

飾り立てた部屋のなかで、飾り立てた服を着せられて、ピアノを習わされている彼女。声楽を習わされている彼女。少女用のチューチューに着換えさせられて、バレエを習わされている彼女。

いつでも、教師が監視している。それは当然として、いつでもその傍に父親の夫人がいる。金縁眼鏡を光らせて、夫人も彼女を監視している。その様子は囚人の運動を見守る二人の女看守のように見えなくもない。

『ド・レ・ミ・ファ・ソ・ラ・シ・ド……ド・レ・ミ・ファ・ソ……』

『はい、もう一度！』

『アン・ドウ・トロワ・アン・ドウ・トロワ！』

初め、彼女はこれらの稽古をちゃんとやれば母親に会わせてやるといったような言葉を父親の夫人から聞かされたと思ったのだ。父親からも聞かされたと思った。が、それは彼女のまったくの錯覚ないし誤解であったことはやがて明らかになった。

が、そうわかって絶望する頃には、彼女の内部に受け継がれていた芸事の資質が目をさましていた。それが絶望のためにうがたれた深い穴を埋めた。機械的と言ってもいいような、むなしいすばやさで埋めた。

『やっぱり、血筋は争われない』

と、何人もの人々がささやき合った。彼女の母親はピアノにもバレエにも声楽にも縁はなかったが、F流とN流の日本舞踊の技倆はその美貌とともに東京の超一流花街にそのひとありと知られた存在だったのである。立方《たちかた》として鳴らしたが、清元や一中節の腕前もみごとなものであった。この名妓の不幸はパトロンには恵まれたものの、パトロンの愛情に縁がなかったことであろう。

4

（おとうさま、わたくし、あなたにはたいした恨みも憎しみもないのよ。あなたがわたくしの一生を金縛りにし、女優という名前の職業に進ませ、まるで猿まわしの猿のようにわたくしに、〝芸を仕込んだ〟ことも、只今となっては、ちっとも恨んではいないわ。なぜかといって、そのおかげでわたくしは栄光をつかみましたものね。スタア女優という栄光をね）

歌や踊りに重点をおく某歌劇団の入団試験を受けるか、それとももっとドラマチックな世界で演技力で勝負する新劇団の名門の養成機関に進むか、両親と激しく言い争っている自分の姿が彼女の眼に浮かぶ。

むろん、後者に進んだ場合だって演技論や演劇論や実技の修業だけではなく、歌唱やダンスの基本は充分に鍛えなくてはならないのである。

芸事の稽古にはたっぷりと資本《もとで》も時間もかけてあるのだから中学校卒業と同時に前者に進めと命じる両親の意見を押しきって、彼女は高等学校を卒業するまでじっと耐え、それから後者のテストを受けた。

結果は養成所始まって以来という評判の優秀な成績で入所を許された。現在でも、そのことはそこ及びそこが附属している名門劇団での語りぐさになっているらしかった。

本心を言うなら、彼女は大学に進みたかったのだ。どこか、大学の外国文学部に。そして、できるものならどこかへ留学し、そしてそれから、もし、できるものなら戯曲か小説を書いて……。しかし、そんなことをさせてもらえる筈もなかった。

両親は彼女の高校卒業まで待つと妥協したことで彼女にいやというほど恩をきせていた上、養成所の入学がすみやかに叶ったときなどは彼女の天分と努力は充分に認めながらもなお、

「あそこの難関を一ぺんで突破したのが自分の実力のせいとばかり思うな」

と、彼らの財力とコネクションを利用しての応援を暗に仄めかしたのである。

それが本当のことであるかどうか、彼女にはたしかめるすべもなかった。一流の劇団がいかに応募者の数が多いとはいえ、たとえ金を積まれても将来の見込みのない者に入学を許可するとは考えられなかったのだが、一方で、自分の才能がそれほどのものではないのだというかすかな恐れも感じずにはいられなかった。彼女の若い、ういういしい魂は、あの頃、まだまだ人生の船出に際しておびえ、波立ち、揺れ動いてい

たのである。

(でも、とにかく、わたくしはスタアの座についたわ。もちろん、それはわたくしが努力したから、あなたや亡くなったおかあさま以外の何人かの人たちの協力があったからにちがいないわ。とにかく、わたくしはあなたが思ってもみなかったほどの大スタアになった。それにまちがいはないわ。

もし、わたくしがあのまま実の母の手もとにいたとしたら決して実現しなかった栄光かもしれないわ。わたくしはもしかしたら実の母の跡を継いで〝名妓〟と呼ばれるくらいの存在にはなっていたかもしれないけれど。それからまた、もし、わたくしが学生時代にひそかに夢み、あこがれたように文学の道に進んでいたとしたら、やっぱり、これほどの成功は収めることはできなかったかもしれない。

そうした意味では、わたくしはあなたに感謝しなくてはいけないのだわ。いいえ、事実、感謝しているわ。そうした意味ではね……)

もう一息、彼女はついた。

(そうよ、わたくし、あなたがわたくしにしてくれたことに対してぜんぜん感謝しないほどの恩知らずではないわ。

その証拠に、だからその感謝のしるしとして、あなたがわたくしを出世させ、金縛りにするためにどんな破廉恥な行為も意に介さなかったことだって忘れて上げるわ。ええ、忘れて上げますとも、あなたがわたくしになさったありとあらゆるひどい要求のことも、みんな忘れて上げたっていいのよ……）

すると、深瀧に初めて抱かれた夜の記憶が彼女の心に苦い、きたならしい吐瀉物のようにこみ上げてくる。

あの夜、彼女はあの男に〝抱かれた〟のではなかった。〝犯された〟のだった。誰にも助けを求めることはできなかった。

初めての出世後のキャストが内定する時分、そう、養成所のコースを終了して劇団員として採用され、初舞台を踏んで一年と少し経った時分だった。

新人女優たちがそうした時期にさしかかる頃に劇団が『ハムレット』を上演する企画が決定したとなると、俄然、彼女たちは色めきたつ。もちろん、オフェリアに誰かが抜擢される可能性が少なくないからだ。

自分たちの少し上の世代に今売り出しの若い美しい先輩がいる場合だと、彼女たちは半ばあきらめて〝その他大勢〟の侍女役、侍童役、旅芸人の下まわり役だのを分かち合って振ってもらうことでおとなしく辛抱する。

が、たまたま、そのあたりの女優が欠員し、しばらく前まではオフェリア役で鳴らした一人二人はすでに中堅と呼ばれるようになっていて王妃ガートルードを演じるほうがふさわしいとなっている、とくると——俄然、新人たちは夢を抱きはじめる。

当時、彼女がオフェリアに抜擢される可能性は大きかった。彼女の天分と魅力はたしかに群を抜いていた。が、新人の場合、決して初めからその配役が確定しているわけではない。配役決定の日まで彼女たちは大いなるスリルを味わいつづけるのである。深瀧則典の自宅に彼女が呼び出されたのは、そうした日々の一夜だった。他の候補の新人たちも二、三人呼んであると深瀧は彼女に言った。が、それ以外の連中の失望と嫉妬をそそるのはまずいから、たがいに口外せず、秘密裡に来るようにと。夜ふけとも言えぬ時刻を深瀧は指定した。

彼女が指定通りに彼の邸をおとずれると、他の女優たちは一人も来ず、深瀧家の家族も使用人もすべて不在だった。あの第一の彼女の犯行の夜と同じだった。

逃れられぬ罠に陥ちて、しかし、彼女だとてやすやすと相手の言いなりになったわけではない。オフェリアの役を棒に振り、場合によっては劇団を去ってもいいと決心して抵抗し抜いたのも事実である。

が、究極のところでそれをやめ、深瀧のものになった。半ば居直るようにしてそうなった。

その夜の首尾いっさいは深瀧は父親との合意の上のものであり、父親は深瀧の心一つに彼女の女優としての生活をすべて託してあるとわかったからである。実母と引き離されたのち、さらに実父とも女優生活とも縁を切ってまったく新しく生きはじめる才覚と勇気に彼女は欠けていた。おそろしくて彼女にはそうすることができなかった——。

彼女はオフェリアの役を得た。それがたちまちその名声と地位を約束し、つづく何年もの彼女の人生はまさしく花吹雪ならぬ花束と紙テープの賞讃の声にあふれ返った絢爛たるつぼのようなものであった。一皮むけば、束縛と屈辱にみちたるつぼではあったのだが。

(わたくし、利用したわ、利用してやったわ、利用できる何もかもを。そうしない人間ている？)

彼女はしばらく眼をとじた。サングラスのうしろの彼女の視野は、だから、もっと暗く、茫漠としたものになった。

(でも、わたくしはそれに溺れたままではいなかったわ。自分で生きはじめようとしたわ。名実ともに。そう、わたくしが女優になってからはじめての反逆、初めての自己主張は、もちろん、あのひととの結婚を選んだときよ)

そのときも、もちろん、父親と深瀧は結束し、言葉と手段をつくして彼女を翻意させようとしたのだった。

が、すでに彼女は何年か前の養成所を出たての小娘、新人ではなくなっていたし、社会的なバックも充分できている身であったからには、さすがの彼らが利己主義を押し通すことはできなかったのだ。彼らの彼女に対する反対は主として結婚相手に選んだ男優がいまだ海のものとも山のものともわからぬ存在に近かったことに理由したのだが、それならそれで、もし、彼女が名実ともに彼女にふさわしい大立物との恋愛結婚でも発表したとしたならば父親も深瀧もいっそうの反対を唱えたにちがいないのだった。

『スタア同士の結婚などうまく行く筈がない。あの男はとかくの噂のある男だ。きみはあいつにだまされているんだ云々』

とでもなんとでも叫んで——。

実際のところ、深瀧の庇護と監視と束縛の下におかれていた彼女としては、そうした大物の男優との恋愛はおろか、個人的に口をきき合う機会すらありはしなかったのである。俳優ばかりではなく、彼女がひそかに敬意を抱き、ひそかに恋心を感じた何人かの優秀な脚本家、評論家たちも彼女のその気配を察するやたちまち遠ざかった。

深瀧がその存在を歯牙にもかけずにいた男優だったからこそ、彼女との恋愛はひそかに進行し、成就したと言えるのである。

（ああ、許して上げるわ、もうもう許して上げる。わたくしたち夫婦に対してあなたや深瀧のおこなった卑劣な行為の数々も、もうもうみんな許して上げる。忘れて上げる。だって深瀧はこのわたくしの手にかかってあんなにみごとに死んでくれたし、おとうさま、あなただってほうっておいてももうすぐ死ぬんですものね。

わたくし、何もわざわざここに来る必要はなかったのかもしれない。

でも、来た。来ずにはいられなかった。なぜならば……）

今度は彼女は大きく息をつかなかった。そうする代りに一足大きく、ベッドのほうへと踏み出した。ハイヒールをはいた細い脚は驚くほどしっかりしていた。

（この一事だけは許せないからよ。あなたがわたくしにこの不治の病気をやっぱり遺伝させてしまったという一事だけは、ああ、決してね）

5

ベッドの上の老人はかすかに身動きしたようだった。が、それは仄明かりのなかで見守っている女の気のせいかもしれなかった。

（おとうさま。わたくしはあなたの何一つ、相続したいとは思わなかった。あなたの財産なんか、びた一文も当てにしたことがなかった。そんなものはすべて、あなた自身の老後のためにだけ費うようにし、そしてあなたの死後はこのホームに寄附されるようになっているわ。

わたくしは今までの生活はすべてわたくしの働いたお金で――そして、いっときは夫も働いたお金で――維持してきたわ。おかげ様で、わたくしにはそれができたのですもの。ときには水準以上の生活もわたくしは営むことができた。夫の収入はわたくしにくらべればたしかに多くはなかったけれど、でも、あの人も協力してくれたわ。あれはわたくしたち夫婦の短い、でも最高にしあわせだった日々でした。

そして、おとうさまのほうも、わたくしたちがあなたに何一つ援助を要求せず、遺産も当てにしないのをよろこんでいらしたわ。わたくしの働きの何分の一かを常に奪って貯め込んだお金とわかっていても、そんなものをわたくしたちがどうして欲しがったでしょう！

わたくし、あなたからはもう何一つもらいたくなかったの。もう、何一つ。

それなのに、あなたという人は選りに選ってこれだけをわたくしに遺してくれたの

ね。あなたの身体のなかに巣くっている、いやらしい、おそろしい病気の種子だけを選りに選って）

さすがに女の呼吸が荒くなった。彼女はそれをととのえようと必死に努力しながら、何かを冷静にやってのける準備を着々とおこなおうとしているらしかった。

（ああ、それは仕方のないこととしても――なぜ、なぜ、もう少しわたくしを生かしておいてくれなかったの？　なぜ、もう少しだけ先になってから発病するようにしてくれなかったの？　自分は永生きするだけ永生きして、こんなみっともない状態になってもまだ未練たらしく生にしがみついているくせに。なぜ、そのぶんを少しだけわたくしに分けてくれなかったの？　ああ、わたくし、まだまだやりたいことがあったのに！　わたくし、まだあなたの年齢の半分にもなっていないのよ！）

ついに、泣き声が洩れた。たいそうひそやかで抑えに抑えた泣き声ではあったが、この何日間か彼女が一度も洩らしたことのない声だった。

そして、そうしながらも彼女の手はベッドの枕もとに伸び、そこに取り付けられてある患者からの緊急連絡用のベルをしっかりとおおっていた。たとえ老人が目をさまし、意識がはっきりして事態を了解し、それを押そうとまさぐっても絶対に手の届かないように。

老人はまさぐらなかった。眼も開けず、身動きもしなかった。

女は泣き声を出すのをやめた。もともと彼女にはその種の声は似つかわしくないのだった。煌々《こうこう》たるライトを浴び、舞台の中央で劇場じゅうの視線を集めながら、もし、その種の声を出すことが必要な役を演じているときですらも、そしてその演技はみごとな熱演・巧技であったとしても、やはり、それは彼女にはふさわしくなかったのだった。

彼女はかかる際にあっても、怜悧《れいり》に澄んだ独得のエロキューションをもって次のような言葉を口にするにふさわしい女なのだった――。

彼女はささやいた。

「おとうさま、わたくし、あなたがわたくしよりも永生きしているのは許せないのよ。断じてね」

そして、女はさらに手を伸ばした。病人の生命を細々と、だが果てしもなくつなぎとめつづけている奇妙な装置の一つへと。

夜が明けてしばらくしてから、一日の最初の検温その他の処置にやってきた看護婦が異変を発見した。二十四時間点滴のチューブに空気が混入したためらしく、老人はベッドの上で事切れていた。

この種の事故が絶対に起こり得ないというわけではなかった。しかし、常識的に見て、まず、人為的な何らかの原因がない限り自然発生するとは考えられぬ事態であった。

もちろん、通常の医療施設であれば、その原因の究明がただちに開始されたであろう。原因は担当医や看護婦の手落ちかもしれず、あるいは器具の不備によるものであるかもしれない。また、あるいは……。

いずれにもせよ、病院側としては愧《は》ずべき不祥事であり、すみやかに法的手続きをとるのが義務である。そして、死亡した患者の縁故への連絡も大至急。

しかし、この特殊な医療機関では前者の措置はとられなかった。ここの持つ特殊な性格、並びに患者の容態の問題が主な理由だった。要するに、病院側が一致して口を合わせさえすれば、何もこんな〝事故〟をわざわざ公《おおやけ》に届け出る必要はない、そしてそれは〝事故〟ですらもなかったとすることが容易だったのだ。明日をも知れぬ病いで死の床についていた老患者がとうとう安らかに息を引きとっただけの話である。

そんなわけで、大至急とられた連絡は患者の縁故に対するもののみにとどまった。

登録されていた唯一の肉親の名前は女名前、患者との関係は〝長女〟とされていた。よほど演劇畑にくわしい人間が見たとしても、その名前からはべつに誰をも思い出さなかったであろう。彼女の芸名ならぬ本名のほうは、ごく平凡なものだった。連絡先の電話番号は東京都内のある地区のものである。

老人ホームからの連絡に応じてその電話に出たのは女の声ではなかった。男の声だった。何を告げられても訊ねられても、その声はおちついて応対した。

「奥様は――」

と、彼は言った。

「出かけられました。今はここにはいらっしゃいません」

「御行先の心当たりはありませんか？　じつは当ホーム附属病院に入院中の御尊父の御容態が急変しまして、今朝とうとう……。至急、御連絡をとる手段はないでしょうか？」

「――――」

短い沈黙。

それから、一言、

「やってみます」

と男は答えた。口先だけの言葉だとは誰も疑いっこないような、おちついた答えぶりだった。もっとも、この場合、そんなにおちついていられるほうがかえっておかしいと言えたのだが、電話をかけたほうはすっかりあわてていたからそこまでは気がまわらなかったのも致しかたがなかった。

「できるだけやってみます」

「お、お願いします。連絡がとれましたら、大至急、当ホームに電話を頂きたいとお伝え下さい」

「承知しました」

電話が切れた。

本来ならば、電話に出た男はただちに受話器をとり直して四方八方の番号をまわしはじめなくてはならないのに、彼はそうしなかった。

その代り、隣室との境のドアのほうをみつめた。立ち上がって歩いて行き、そのドアをかるくノックした。

なかから女の声が短く応じると、彼はドアに口を近づけて告げた。

「奥様、只今、あちらから連絡がありました。万事、計画通りにすんだようです」

「そう……?」

ドア越しに聞こえてくる女の声は相変わらず静かだった。ただ、ようやく、その声には今までにはなかった一抹の安堵とよろこびの響きが含まれていたのだが。

「永いことありがとう。本当に御苦労だったね」

と、その声は言った。

「――――」

「それでは、さっき約束したように、しばらくのあいだはここへ入ってこないでおくれ」

「――――」

「さんざんわがままを肯《き》いてくれたおまえにまたしてもこんな命令をして許しておくれね。でも、もう本当にこれが最後だから、あとしばらくだけ黙って見逃してね？」

「はい、奥様」

「それに――」

かすかな笑い声。

「まだまだ大丈夫よ。わたくし、もうしばらくは生きているから」

「――――」

男は答えなかった。今度はドアに耳をつけるようにした。紙の上をさらさらとすべるペンの音がドアの向こうから聞こえはじめた。それ以外は何も。その音を聞き届けてしまうと、男は元の席に引き返し、電話の前に番人のようにすわりこんだ。

それきり彼は永いこと、黙ったままそこにすわりつづけていた。

もし、事態がこうでなく、老人ホーム側が事故を正直に警察に報告し、死亡した患者とその唯一の縁故先の名前が警察に知れていたとしたら、このあとの展開はべつのものになっていたかもしれない。

しかるに――。

「現場に落っこちていた造花は被害者の家族のものでも使用人のものでもなく、あの日の夕刻、使用人が現場を掃除したときには落ちてはいなかったのです」

高名な演出家が自邸で射殺された事件と人妻が一流ホテルの客室で絞殺された事件が比較的近い区域内で相つづいて発生してから二週間ほど経過した頃、捜査本部の置かれた署内では担当捜査員たちが会議をひらいていた。

「また、第二の事件現場に落ちていた上質の白真珠一粒は被害者所有の品ではないことも証明されました。被害者は当夜、真珠を使った装飾品は一つも身につけていなかったと」

捜査員の一人が熱心にしゃべりつづけ、本部長以下の全員が熱心に聴いていた。

山田刑事だって、むろん、熱心に聴いていた。担当していたあまりたいしたことのない仕事がすんだので、彼は急遽、この二事件の担当へと組み入れられたのである。新妻はすっかり健康を回復したし、彼も二度と脳貧血を起こして目をまわすようなはめにはならずにいた。彼は身心ともに張り切って捜査に取り組める境地にあったのである。

「第一の事件に使用された凶器は一応火器で、短銃のたぐいであることはたしかですが、被害者が所持していた銃砲ではなく、モデル・ガンを改造した小型のものと見られます。現在までのところ、凶器は発見されておりません。夜おそく、被害者がたった一人で在宅しているときにやすやすと出入りし、また、被害者は当夜、家族と使用人全員を遠ざけている点から、犯人は被害者と交際があった女性である可能性が濃厚でして、目下、女性関係を洗っております。ただ、どうも、洗えば洗うほど、被害者がその方面に賑やかな話題を有していたことが明らかになるばかりでして……その点は、先日の被害者の葬儀の席の光景を見ても推測がつくと思いますが……」

ちょっと咳払いしてから、捜査員はつづけた。

「いや、とにかく、目下は被害者の未亡人その他の関係者への聞き込みを参考に、葬儀に現われた女性たちよりも現われなかった女性のほうに重点をおいて捜査をおこなっている次第であります」

全員がメモをとっていた。

「次に、第二の事件におきましても、種々の理由から犯人は女性である疑いが非常に濃厚です。現在までのところ、第一の事件の被害者と第二の事件の被害者とを結ぶたしかな線は浮かんでおりません。山関被害者がとくに演劇好きだったという事実もないようであります。しかし、深瀧被害者をめぐる女性の誰かとの関係が浮かぶ可能性が考えられ、両事件の犯人が同一人物であるとする見かたも充分に成立するのではないかと……」

それから報告者はややせかせかと、もう一枚の書類を拡げた。

「追加到します。鑑識課よりの追加報告です。第一及び第二の被害者の着衣から動物の毛が二、三本ずつ採取された由でありまして、相当に質のよい養殖ミンクの毛、毛質はいずれも同一の製品のものと鑑定結果が出ました。その種の動物が第一、第二の被害者の身辺に存在していた可能性は皆無ですので、これは当然、その毛皮を加工したコートかショールのようなものが被害者の着衣にふれた際に付着したとみてよく、そしてそのコートかショールの所有者は同一人とみられます――。は？　はい、ミンクであります。い、いたち、いたちの一種でありまして、婦人のコートなどによく使われる動物の毛でして……」

ここにおいて、山田刑事は思い出したのである。

第五章　死者

1

「女《にょ》、女房が手術を、し、した日です、手、手術を！」

総合病院の受付の窓口で山田刑事はわれにもあらず吃った。彼は真っ赤な顔をして大きく息を切らしており、警察手帳を差し出す手もともふるえていた。

「ええと、何の手術ですか？　お名前は？」

受付の係は健康保険証でもこの病院の診察券でもない何やらを差し出してわめいている青年をちらりと見やり、

（まったく、もう）

と言いたげな表情をして、ファイルのほうへ手を伸ばした。外来者のなかにはたまにはこんなふうにめちゃめちゃに昂奮したりあわてきったりしてとび込んでくる者もいるので、それほど奇異な表情をしているわけでもなかったのだが。

「お名前は？」

「や、山田――」

「奥さんがここで手術をお受けになったんですか？」

「そうそう」

「その日付をお忘れになったんですか？　で、それを調べるんですか？」

「そう、そうです。あ、いや、ちがった、そ、そうじゃないんです」

山田刑事は少しだけ自分をおちつかせた。

「女、女房が手術をしてもらったのは○月×日です。それはちゃんとおぼえているし、メモしてあります。し、調べてもらいたいのはそのことじゃなくて、そ、その同じ日にですね……あ、あの、ぼくは△△署のこういう者ですが、じつは大急ぎで、その……」

受付の係は彼が差し出している代物をあらためてまじまじと見直し、急に顔つきを変えて彼のほうをみつめて小声で言った。

「で、何をお調べになりたいんでしょうか？」

「つ、つまりですね、女房がここで盲腸の手術をしてもらったその日にですね——」

今と同じくらい大あわてにあわてふためいてここに駈けつけてきたあの日のことは山田刑事は忘れたくても忘れはしなかった。日付も手帳を見れば、すぐにわかった。彼の妻は退院以来、元気に家事にいそしんでいる。少なくとももう二度と盲腸炎、すなわち虫様突起炎の切除手術を受けなくてもいいことだけは明白である。彼はもう、妻の盲腸手術に関することは何一つとして捜査しなくていいのである。

そう、彼はそんなことを捜査するためにふたたび息せき切ってここへ駈けつけてきたわけじゃない。

彼はもっとべつのことを訊ねに来たのだ。それに早く、早く、早く訊ねなくてはならぬ。早く、一刻も早く、その答を聞かせてもらわなくてはならぬ。

さもないと——。

「そ、その〇月×日にですね、ぼ、ぼくが倒れて寝かされていたときにその部屋の隣に入ってきてしゃべっていた男と女がいたんです。そ、それが誰と誰だかわからないですか？」

「？」

今度こそ受付の係はけげんそのものという顔つきになって、じっと山田刑事をみつめた。

「どなたが寝かされていたんですって？」

「ぼくが」

「手術を受けたのは奥さんじゃなかったんですか？」

「だ、だから、ぼくはそれに立ち会っているときにぶっ倒れて――」

山田刑事はポケットからハンカチをひっぱり出して額の汗を拭った。

係は、

（ははあん？）

というような表情になり、わかったのかわからないのかはっきりしない様子でなおも彼を眺めつづけた。

「とにかくですね、ぼくは倒れてどこかの部屋に運ばれて寝かされたんです。そして、一人でそこで寝ていたあいだに、仕切りの向こう側に――その部屋は隣の部屋とは壁でなくてアコーディオン・ドアみたいなもので仕切ってあったんですよ――男と女が入ってきて、とても深刻な話を始めたんです。もちろん、ぼくがこっち側にいることは何も知らずにです。そういう状態だったんで、ぼくはやむをえず二人の会話を全部聞いてしまったんです」

「それが何かの犯罪に関係あるんですか？」

受付の係はそこまでは考えをまとめたようだった。

刑事が血相変えて駈け込んできて何やらわけのわからないことをそれでも懸命に訊ねているのだ。何かの犯罪に関係があると考えないほうがどうかしている。

「い、いや、まだはっきりしたことは言えないんだ」

もう一度、山田刑事は額の汗を拭った。

「とにかく、その男のほうはここのお医者さんで、女のほうは患者らしかった。十中八九、それはまちがいない」

「それで？」

「その二人が誰なのかを知りたいんだ」

「――――」

受付の係は面くらったように山田刑事を見、さらにその背後を見やった。

すでに受付の順番を待つ外来患者の列ができかかっている。いらいらした様子で伸び上がっている患者もいた。刑事はさっきから職権を濫用《らんよう》して窓口を一人占めにしているのだ。場所が病院であることを考慮するならば、これは人道問題である。

「――少なくとも、男のほうがこの病院の医者なら、誰であるかは突きとめられるだろう？」

背後の病人どもの行列には目もくれず、山田刑事は必死にしゃべりつづけた。

「日にちも時間も場所も、どんなことを話していたかもわかってるんだ。声だって聞かせてもらえば聞き分けられる。とにかく、この病院の医師全部にこの件を話して該当者は名乗り出るように頼みたいんだ。すぐにそうさせてくれ」

「しかし——」

「しかしじゃないよ、きみ！　おい！」

山田刑事は性温厚な生まれつきだったし、日頃は警察の権力を市民に向かって振りまわすごとき思い上がった態度を決してとらなかったのだが、事ここにおいて焦りと昂奮のあまり、いささかふだんの彼には似つかわしからぬ形相及び言葉つきになって来た。

「おれはその女の身装《みな》りだってようくおぼえてるんだぞ！」

「女の人のほうは刑事さんは顔をごらんになったんですか？　それでしたら何も——」

「顔？　顔は見てないんだ、顔は」

「——」

「顔にはだな、大きな真っ黒いサングラスをかけてたんだ。だから、顔を見たってその女かどうかは言えないんだ。しかし、服装は見てる、姿恰好は見てる。黒っぽい、男の背広みたいな服を着て、衿に紫色の花をつけて、すばらしい毛皮を肩に羽織っていた――」

受付の係はぽかんと口を半開きにして山田刑事を眺めていた。

「いや、お、おれはその女が男と話しているところを見てたわけじゃないんだ。おれが姿を見たときは女は一人きりだった。ここの裏手の出入り口があるだろう？　あそこに立ってた」

「どうもお話の意味がよくわかりませんが」

「うん――」

そして、あのとき自分が裏手口で見たあの女を何がなんでもあの男と話していた女と同一人物だと決め込んでいるのはたいした根拠もない。単なるカンにすぎないのだという反省がようやく山田刑事の頭にもしみ通ってきた。

しかし――。

「そう、おれだってまだよくはわからないんだ。単に第六感てやつ、プロのカンてやつで動いてるんだ。だが、少なくともおれの見たあの女はハイヒールを履いていた。

それはたしかに見た。そして、仕切りの向こうに入ってきたとき、一人の足音はたしかにハイヒールを履いてる足音だった」

自分で自分に言い聞かせるように彼はつづけた。受付のカウンターの上に両手をついて、ぐっと身を乗り出した。

「そして、おれはその女の声も、男との会話の内容も聞いてる。非常に特殊な内容の話だったんで、はっきりおぼえているんだ。女の身装りのこまかいことは忘れちまっても、話の内容のほうは忘れようったって忘れられないようなものなんだ」

「――――」

「そして、おれの見た女がその会話をしていた女と同一人物なら、彼女はここの裏口から大変な高級車にお抱え運転手つきで乗り込んで行った。あれは、ええと、ロールス＝ロイスだ。ざらにその辺を走ってる車じゃない」

「――――」

「ね、いいか？　あの日、そういう身装りをしてそういう車に乗ってこの病院へやって来て、医者と二人きりで或る種の会話を交して帰った女がいるんだ。警察はその女の身許を至急突きとめたい！　それには女と話していた医者を突きとめるのが一番だろう？　だから協力してくれ！

『それが何かの犯罪に関係があるんですか？』

などとはもう訊かせないよ。彼女は犯罪に大関係ありなんだ、もしも彼女がおれが盗み聞きしたあの会話を交し、おれが目撃したあの服装をしていた一人の人間であるとすればね。それもたいそうおそろしい、せっぱつまった、狂った犯罪にね。しかも、そいつはまだ終わっていないかもしれない。彼女はまだまだそういう犯罪を繰り返す可能性があるんだ。ぼくらはそれを阻止しなくてはならないんだよ。次の犠牲者と目される人間のためにも、また、彼女自身のためにもね。頼む！　できる限りの手段をつくしてその女性患者の名前を探し出してくれ、そして、あの医者の名前もいっしょに！」

「そういうことでしたら――」

ようやく、受付の係は口を開くきっかけを見つけたようだった。

「院長のところへいらして話してみて下さい。ここではどうしていいものか見当がつきません」

「よしきた！」

長い、つるつるした廊下を山田刑事は全速力で走り出しかけた。彼の背後でいらいらと顔をしかめている外来患者たちの列はすでに長蛇と言ってもよさそうなものになりかけていたが、彼は見向きもしなかった。

が、二、三歩走り出してしまってから、彼はどうにか踏みとどまった。くるりと向き直ってどなった。

「院長室はどっちだい！」

2

「おそかった、おそかったわ、刑事さん」

と、女は言った。あの声で。

「でも、ありがとう、あなたがおそく来てくれたので、わたくしには薬を飲むひまがあったのよ。本当にありがとう」

山田刑事はあたりを必死に見まわし、女のかたわらの低いコーヒー・テーブルの上にあった錠剤の函《はこ》をひっつかむように取り上げた。

どんなに急いでひっつかんだとしても、もう無駄だった。函の中身はすっかり空っぽになっていた。それも一箱だけではないのだった。

コーヒー・テーブルの上には水の少し残ったグラスと焦茶《こげちゃ》色の陶器の水さしが載っ

ていた。酒はなかった。彼女は自分の生涯をしらふで終わろうとしているようだった。もっとも、強力な効果を持つ睡眠薬をたっぷり二函分飲んでしまった状態を、〝しらふ〟と呼べるとしての話だが。

山田刑事は函を手にしたまま、そっとあたりを見まわした。

彼女――かつての花形女優が夫と別れ、その夫に死なれ、自分自身も健康をそこねて舞台に立つことは少しずつ間遠になり、やがてまったく引退同様にして（華やかな引退公演などがおこなわれたのではなかった）引きこもった一室、彼女が少しずつ凶運に向かって歩み出すのと時を同じうするようにして住みつづけていた中規模のマンションの七階の一室だった。

彼はようやく、ここにたどり着いたのだ。総合病院の受付での一騒動以来、何時間かが過ぎていた。べつに永すぎはしないが短くもなかった何時間だった。彼はあの病院の院長や医長や事務長や婦長や、その他ありとあらゆる〝長〟と名のつく人々及びその部下の人々を脅したりどなったり泣き落としたりおだてたり、平身低頭してみせたりもしたあげく、ついにここを突きとめることに成功したのである。

ちっとも豪華でもなければ、きらびやかでもない部屋だった。むしろ、最小限度の、ただし質のいい、趣味もいい家具が要所要所に置かれているきりだった。かつてのこの女の生活を知る者が見たら、弟子か付人《つけびと》の部屋かと錯覚するかもしれなかった。

しかし、弟子や付人の部屋なんかではない証拠に、一方の壁ぎわにはみごとな彫刻入りのマホガニー製の大きな化粧台が窓ぎわに鎮座していた。全盛時代、特別にスイスに注文して造らせた品だった。葡萄《ぶどう》の実と葉と蔓《つる》の精巧な彫りが全体をとりかこんでいた。葉かげの思いがけない部分に栗鼠《りす》が隠し彫りになっている。蜂鳥《コリブリ》がそっと餌をついばんでいる……。

そして、その台の上にはさまざまな種類の化粧品や香水の瓶、壺、容器と並んで、彼女の舞台姿のポートレートがきちんと額に収められて何枚も立てかけられていた。オフェリア、ロクサーヌ、ジュリエット……ブランシュ・デュボワ、ノラ、メリイ・スチュアート……『ヘッダ・ガブラー』や『黒とかげ』の写真もあった。その二役はどちらも手に拳銃をかまえていた。

だが、女はもはやそうしたものはすべて忘れ去ったとでもいうように、部屋の一隅の寝椅子にもたれかかるかたちで横たわって半ば眼を閉じていた。もう、テイラード・スーツやサングラスや手袋は身につけていなかった。着ているものはごくゆるやかな、くつろいだ感じの、柔らかい羅物《うすもの》の裾長のドレスだった。

あるいは寝間着なのかもしれなかった。彼女はもうそこで眼を閉じて薬の効果が現われてくるのを待っているだけのように見えたから。

でも、彼女が着ていると、それは寝間着には見えなかった。少なくとも山田刑事にはそうは見えなかった。それは何かたいそう優雅でこの世のものならぬ美しい経《きょう》帷巾《かたびら》、屍衣のように見えた。

もし、彼が犯罪捜査にたずさわる刑事ではなく、もう少しべつの分野の職業人であったら、アルチュール・ランボオの『オフェリア』の詩の一節を思い浮かべていたであろう。

星かげ浮かべ波立たぬかぐろき水に運ばれて、
大白百合と見もまがう白きオフェリア流れゆく、
長き面衣《かつぎ》に横たわり、いと静やかに流れ行く……

「どうして――どうしてあんなことをしたのです？　あなたともあろう人が」

山田刑事はせきこむように言った。

本来ならば彼はこんなことを言っているべきではなかった。ただちに署に連絡して手配をし、一方、彼女を救急病院に運び込んで胃洗浄を施すべきなのである。彼女が飲んだ薬物を残らず吐かせ、正気に戻し、ついでに犯行に関するすべてを自白せるの《はか》が彼の義務である。

しかし――。

彼は女の足もとに膝をついた。じっと女の顔を覗き込んだ。

薬の効果は徐々に現われればじめているようだった。しかし、完全に意識を失うまでにはまだ少し時間があると思われた。

「しっかりして下さい！」

彼は女の肩に手をかけて激しく揺すぶった。

「どうして、どうしてあんなことを！　その上、どうして、また、こんなことを！」

彼はなおも女の身体を激しく揺すぶろうとしたが、そのとき、部屋の戸口のあたりにもう一人の人間がさっきから立ちつくしていたことを思い出して手を停め、そっちを見やった。

さっき、彼がこのマンションのエレヴェーターを七階で降り、廊下を走ってここの番号のついたドアの前に立ち、今よりももっと激しいいきおいでブザーを押したとき、

（一体、今さら、何をそんなにあわてるのか？）

とでも言いたげな様子でなかからドアを開けてくれた人間である。そのあと、彼の

警察手帳をちらりと見やり、たいしてものも言わずに彼を奥のこの一室へと案内してくれた人間でもある。そのときはこの一室のドアはぴったりと閉ざされていて、その人間がドアをそっとノックし、

「奥様、警察のかたが奥様にお会いしたいと言って来られましたが」

と声をかけると、ドアの向こうからはまぎれもないあの声、山田刑事が忘れようとしても忘れられないあの声が、

「いいわ、どうぞお通ししておくれ」

と応じたのだった——。

山田刑事はその人間の顔も記憶していた。ちらりとではあったが、その顔は彼の第三頭葉第一脳室のフィルムにしっかりと焼きつけられていたのだ。

あの夕方、シルヴァー・グレイにきらめくロールス＝ロイスの運転席からいったん降りて彼女を助け乗せ、ハンドルを握って走り去ったあの男にまちがいはなかった。

山田刑事とその男はあらためて目礼し合った。崇高な儀式に立ち会っている敬虔《けいけん》な司祭とその助手ででもあるかのように。

男が山田刑事をみつめていた視線には、かすかな非難か抗議の色がこもっていた。

おそらく、山田刑事は女の身体を少々激しく揺すぶり過ぎたのだ。女の身体に少々無

礼に手をかけ過ぎたのだ。

男は声に出しては何も言わなかったし、警察の人間に対する礼儀と敬意を充分に保っていたが、にもかかわらず、山田刑事を見据えているその表情にはどんな仕事熱心な刑事をもいささかうしろめたい思いにさせるような何かがあった――。

女のほうは山田刑事にどれほど激しく身体を揺すぶられようが、たいして気にかけないらしかった。それどころか、彼女は寝椅子の上で微笑し、半ば眼をとざしたまま、うっとりと手を握って見せた。

「それより、刑事さん、どうしてわたくしのことがわかりましたの？　深瀧のときも山関のときも新聞の記事にはわたくしの名前はおろか、何か関係があるのではないかというようなことを匂わせるものは一字も載りませんでしたわ。あなたお一人でどうやって突きとめたの？　あなたはポワロも及ばぬ名探偵なの？……あら、まあ、失礼」

彼女はわずかに身体を起こし、薄く眼をあけて少なくともほんの一瞬は山田刑事の姿をはっきりと見てとったようだった。彼女はもう一度、楽しそうにほほえみさえした。

「ごめんなさいね、あなたはポワロなんかにはぜんぜん似ていらっしゃらないわ」

「――――」

「とにかく、どうしてわたくしのことがわかったの？　それを教えて」

「それは――それはごくつまらない偶然のなせるわざです。あなたにとってはたいそう不運と言っていい偶然でした。しかし、あれだけのことをやってのけたあなただし、こんなにも有名人、著名人でいらっしゃるあなたです。あの偶然がなくたって、おそかれ早かれ、発覚していたでしょう。たとえ、ぼくでなくても、誰かの手で」

女はうなずいた。

「それよりも――」

山田刑事は心を取り直した。一膝にじり寄って女の顔を覗き込んだ。

そんなふうにされても彼女は美しかった。舞台化粧どころか、ごく普通の化粧を淡く施しているだけだったが、非常に美しく見えた。死の床の上でオセローに覗き込まれるデズデモーナを演じたことのある人間だけが見せることのできる顔なのかもしれなかった。

「とにかく、深瀧則典も山関勢千子もあなたが殺したのですね？　それにまちがいないんですね？」

「そうよ」

彼女は半ば楽しそうにうなずいた。

「そして、わたくしの実の父もよ」

「――」

3

「あの人たちはわたくしに殺されて当然の人たちだったんですもの」

「――」

「だからと言って、わたくし、突如として殺人鬼と化したのではありませんわ。わたくしにはわたくしの立派な理由があってやったことです。そして、その理由というのは……」

「大体はわかっています」

山田刑事は片手を軽く挙げて制した。

「あの日、あの病院のあの部屋の仕切りの向こうにぼくは偶然居合わせたのです」

「まあ、そう？」

女は、もちろん、驚いたようではあった。しかし、それほど驚いたわけではなかった。彼女はもうたいていのことに驚くのをやめてしまったのだ。あるいは、たいていのことに驚かなくてもいい身の上になったのだ。

「あのとき、あなたとあなたの主治医であるあそこの脳外科部長との二人きりの、二人きりだった筈の会話を残らずぼくは聴いていたのです。盗み聞きするつもりは毛頭なかったのですが、やむをえない成行でどうしようもありませんでした。許して下さい」

「まあ、そうでしたの」

少しもとがめる口調ではなしに彼女は言って、うなずいた。

「ぼくはあなたがたの声と話の内容はこの耳に焼きつけましたが、姿は見ませんでした。あなたがハイヒールの靴をはいているにちがいないという推理ができただけです。が、その少しあと、ぼくは病院の裏口で一人の女性を見かけました。ハイヒールをはき、サングラスをかけ、お抱え運転手つきのロールス＝ロイスに乗ってどこかへ帰って行った女性です。その女性がさっき盗み聞いた会話の主であるという証拠は一つもありませんでしたが、刑事だけに許されているらしい或る何か天啓のようなもののおかげで、ぼくにはそれが同一人物だとわかりました」

（刑事であろうがなかろうが、ぼくのような男性だけに許されているらしい或る何か

天啓のようなもの）

と山田刑事は訂正したかったのだが、しなかった。

「だからと言って、深瀧と山関の殺された時点で、ぼくがすぐに犯行とその女性を結びつけて考えたわけではありません。そんなことがどうしてできます？　その後、二つの現場に遺されていた些細な遺留品と、ぼくのまぶたに残っていたあなたの映像とをようやく結びつけただけです。ぼんくらな刑事たちに許されているらしい天啓のおかげです」

女は楽しそうに微笑した。臨終のきわに彼女を楽しませてやれたことを山田刑事はよろこんだ。

「それで大急ぎでもう一度、あの病院へ駈け込んで――」

山田刑事は息をついた。

「院長やあの脳外科部長に面会し、ようやくあなたの住所氏名を聞き出してここへ来たのです」

「あなた、あのひとにお会いになったの？　わたくしの主治医の部長先生に」

「はい――」

「そう？」

女の蒼ざめた顔に美しさ以外のもう少し何かべつのものがすっと現われて消えたと山田刑事は思った。が、それは本当にすぐに消えてしまった。

「それじゃよかったじゃありませんの」

おちついた口調で、彼女は言った。が、もはやそれが精いっぱいらしかった。彼女はもう、まつ毛一筋動かすのも大儀なのだ。

「刑事さん、あなたにわたくしの犯罪の動機についてくどくどと御説明する手間が省けましたもの」

「あれは動機じゃない！」

山田刑事は叫んだ。

「あれはあなたが犯した犯罪のきっかけではあっても動機じゃない！　あなたのやった犯罪の動機はあくまで怨恨です。復讐です。それもじつにむなしい復讐のための。ぼくはそうにらんでいる。まだあなたからぼくは何一つそれについて聞いてはいないが」

「そうよ、怨恨よ、復讐よ。むなしくてもいいの。わたくしにとっては重要だったの。それをしてから死んではいけないという法律がありまして？　刑事さん。それをしてはいけないという法律はあるでしょうけれど」

「——」

「わたくし、自分の生命がもうわずかしかないと知らされたので、それをしてから死のうと決心しました。それだけのことですわ。それまではそんなことをする勇気も必要もなかった人間がその二つを具えられる唯一の機会でした。

二つ、いいえ、三つの殺人についてあなたにくわしく話して上げてから死にたいけれど、でも、もう無理だわ。わたくし、舌ももつれて来たし、眼もこれ以上開けてはいられない。それでも、いつもの何倍も嚥んだのに、薬の効きめはおそいほうなのよ。きっと、人生の最期のときにあなたのようなすてきな男性に出会えて昂奮したせいなのかもしれないわね……」

全身の力を振りしぼるようにしたと見え、彼女はにっこり笑えた。すてきな男性に笑いかけ、すてきな男性から笑いかけてもらうのが好きだった。そしてその資格を具えていた女にふさわしい笑顔だった。

「もう、わたくしはしゃべれないけれど、そ、その代り、その机の上に書きのこしてありますわ……」

山田刑事は、〝その机の上〟とやらを見やった。

あった。化粧台とは反対側に紫檀製らしいライティング・デスクが置かれていた。

化粧台にくらべるとずいぶん小さく見える机だったが、それも当然だろう。彼女はここで化粧に時間はかけても、書き物なんかにはそれほど時間はついやさなかったにちがいない。彼女はここで、あの机の上に揃えられた華奢な象牙のペンや菫色のインクや薄紫色の便箋を使って何を書いていたのか？　彼女がペンをとって書くものといったら、サインだけでよかった筈だ。それも小切手や領収書の不粋なそれではなく――。

便箋と対になった薄紫色の封筒が一つ、机の中央に載っているのを山田刑事は見た。封筒はぷっくりとふくらんでいた。

彼はとびつくようにして、それを手にとった。封筒の表には、

『警察のかたがたへ』

と上書きされ、裏を返すと彼女の名前があった。芸名と本名の両方が。

「読んで」

と、かぼそい声で女が言ったのを山田刑事は聞いた。

「もちろん、読みます」

「ちがうの」

「え？」

「今、読んで。あなた、この場で声に出して読んで、それを」

「――」

「わたくしが読んで聞かせて上げたかったのよ。わたくし、朗読はわりあいといい点をもらっていたの、養成所時代から。でも――でも、もうだめ」

「――」

「お願いだから、刑事さん、わたくしが書き上げたそれをわたくしに読んで聞かせて。それを聞きながら、わたくし……わたくし……」

戸口にいる男が身動きしたようだった。

山田刑事はそれを感じとったので、あえて逆らわなかった。彼は素直にうなずき、まだ封印されていない封筒のなかから何枚かの便箋を引き出し、そこに記されている文字を読み上げはじめた。

こんな行動は刑事としてはまことに筋の通らぬものなのだとは百も知りつつ、しかし、この場合、おれはこうしていていいのだと心の底で何度か自分に言い聞かせながら。

4

『――深瀧を射《う》ったのは、わたくし愛用のコルトです』

と、彼は読み上げた。彼の声はほんの少しふるえていた。声だけは。

『愛用と申しましても、舞台の小道具として使ったことのある、いわば〝玩具《おもちゃ》〟です。それを自分で改造して、とにもかくにも一度は実際に使えるようにできたので、実弾をこめて発射しました。それが不成功に終わったらば、次なる手段はちゃんと考慮してありました。

深瀧は、よもやわたくしがそんなことをするとは思わなかったのでしょう、まったく警戒の色を示しませんでしたので、真正面から近づいて彼に抱きつこうとしているように見せかけ、ミンクのストールの下に隠していた拳銃の銃口を彼の首すじに押しつけて発射しました。

その少し前から彼がステレオにかけていたシンフォニーのレコードの音量をわたくしのほうから注文して大きくさせましたので、小型の改造モデル・ガンを射つ音などはあの広い邸と庭とそのまた塀の外へは何一つ聞こえなかったと思います。

彼が絶命したのを見届けるとすぐ、わたくしはあそこを出ました。誰にも会わず、誰にもとがめられませんでした。

山関勢千子のときはわたくしが男性の声色を使いましてホテルへ呼び出しました。ホテルの客室へ入り込むときにも同じ声色を使い、脅しのためだけに拳銃をかまえてなかへ入って、しばらく話をしてからストールの下に隠していたストッキングを相手の首にからみつけて絞めました。どんな話をしたのかは御想像におまかせします。

山関はそのあいだに恐怖のためにほとんど麻痺状態に近くなってしまっていたので、殺すのは簡単でしたけれど、あまり面白くありませんでした。わたくしとしては、わたくしと同じ程度に充分に理性もあり、知覚も残っている人間を殺すのでなくてはなんの意味もなかったのです。

恐怖にしびれて小水まで垂れ流しかけている相手をわざわざ殺してみたからとて、なんの意味があるでしょうか？

わたくしがストッキングを持って近づきますと、彼女は錯乱状態に陥って何やらわめきながらわたくしのほうに両手を伸ばし、わたくしの真珠の首飾りに指をかけ、強く引きましたので、首飾りはちぎられて真珠が床に散乱しました。それにはかまわず、わたくしは彼女を絞殺しました。

簡単でした。本当に簡単なことでした。恐怖におびえている獣であれば、わたくしにはできなかったでしょう。でも、恐怖におびえている、くだらない人間であれば、わたくしはやすやすと殺せました。

そのあと、床に散らばった真珠を一粒ずつ拾い集めることのほうがよほど大変でした。

そんなことをしなければよかったのかしら？　おそらく、そうでしょう。でも、わたくしは愛したひとから贈られた真珠の首飾りをいつもこの首につけていましたので、それは仕方がありませんでした。どうか、わかって下さい。

それから、永いこと寝たきりであのホームにいた父の場合は、それよりももっと簡単でした。どうか、そのこともわかって……』

部屋の一隅で、何かが動いた。あの男が出て行ったのだ。

山田刑事はここまで無我夢中で読み上げてきたのだが、それには気がついた。が、読み進めるのをやめられなかった。全神経が文面に集中して金縛りのようになってしまっていて、そのほかの何事にも向けることができなかった。

『……ありのままを書き記しました。この三つの殺人は決してわたくし一人の力でできたわけではありません。協力者がいたのは事実です。主として、足の便という意味でのみ。

でも、それはわたくしがその人を脅迫して無理に協力させたからです。その人の自発意志では何一つやっていません。もちろん、彼は彼自身の手を下《くだ》して殺人をしたことなどは一度もありません。そのいきさつをすべてここにしたためます。どうか、彼に対して必要以上の不当な罪名を被せることのないようにくれぐれもお願い申し上げます……どうか、くれぐれも……』

山田刑事が思わず便箋から視線を放して女のほうを見たとき、彼女は満足したように寝椅子の上で眼をとじていた。仄かな薄紫色のアイ・シャドウを塗った蒼白いまぶたはぴったりと閉じられていたが、かすかな、非常にかすかな息づかいは感じられた。彼女はまだ生きているのだ。

山田刑事は、はっとわれに返った。ついに彼も正気をとり戻したのか？　警察官、犯罪捜査員としての正気を？

手紙を握りしめたまま彼が立ち上がりかけたとき、部屋のドアがあいて運転手が顔を覗かせた。その表情はこの男にしてはいつになく緊張していた。

「刑事さん、病院から電話がかかっていますが」

「ぼくに？　あの病院から？」

「はい。一度かかって、すぐに切れてしまったんです。どうも気になるので、こちらからかけ直しました」

（あの部屋の誰から？）

とまで訊ねている余裕はなかった。山田刑事は隣室の電話機にとびついた。

「もしもし、もしもし、△△署の山田ですが！」

総合病院の交換手らしい声が応じた。

「少々お待ち下さい」

「早く！　早くしてくれませんか！」

「今、おつなぎします。少々お待ちを」

「――まだですか？」

「――――」

「ま、まだですか！　もしもし、もしもし！」

いらいらと山田刑事は受話器を握りしめた。

こういうときに限って、くだらぬ、どうでもいいような手違いが起こるのだ。病院の誰がかけて来たのだろう？　しかも、彼女にではなく彼に。言うまでもあるまい。あの脳外科部長にきまっている。あの医者は彼に、そして彼女に話がある筈だ。大体、なぜ、あの医者は彼といっしょにここへ駈けつけなかったのか？　何時間か前はあんなにも憂わしげな態度をして院長、副院長とともに彼の前に姿を現わし、沈痛な面持で彼女の身許を、住所氏名を告げたあの医者。あのときとまったく同じ声で、いや、あのときよりももっと沈んだ、考えぶかそうな声だった。

『いや、だめです、カルテは絶対にお見せできません。どんなことがあっても、たとえ警察の要請でも、患者のカルテをお見せすることはできません。それは医学上の、と言うよりも人道上の問題です……』

いらいらともう一度、山田刑事は受話器を握りしめ直した。

隣の部屋の成行も気がかりだった。彼女はたしかに意識朦朧としているが、まだすっかり昏睡状態に陥ってしまっているわけではない。彼女はまだ何をやらかすかわかったものではない。そういう状態のときだからして、なおいっそうその恐れがある。早くこの電話をすませて、すぐに署と一一九番へ連絡しなくてはと山田刑事は思った。これがあの病院からの電話だというのでなかったら、さっさと切ってしまうところなのだが。

「――もしもし」

ようやく、女交換手の声がふたたび聞こえてきた。

「お待たせしました。脳外科の部長です。どうぞお話し下さい」

「あ、もしもし、ぼく、山田ですが。もしもし、先ほどの警察の者ですが――」

「もしもし、もしもし……」

たしかにあの声が応じてきた。

が、その声が何一つ内容のあることをしゃべり出さないうちに、隣の部屋からおそろしい悲鳴が聞こえてきた。

男の悲鳴だった。

「ちょ、ちょっと待って下さい！」

山田刑事は受話器を傍に置くと、ドアを開けるひまももどかしく隣の部屋へとび込んだ。

彼女の姿はなかった。

化粧台の横の窓の前に運転手が立ちすくんで呆然と外を見下ろしていた。彼の両眼はかっと見ひらかれ、両手が窓枠をしっかりとつかんでいた。

山田刑事は窓際へ走り寄って、自分も外を見下ろした。

七階下、マンションの横手の人通りの比較的少ない路上に彼女は倒れていた。

彼女はまっすぐに落下したのだ。それも、うしろ向きに。なぜなら、彼女は仰向けに倒れていたから。

七階上からでも、それは見てとれた。白い顔がこちらをまともに見上げ、眼がやはり、かっと見ひらかれていた。でも、何ももう見てはいまい。

彼女はもう、〝大白百合とも見まがう〟ようには思えなかった。長い髪が頭のうしろに暈《かさ》のように拡がり、その下にどす黒くも赤くも見えるしみが次第次第に拡がりつつあった。

彼女はもうちっとも美しくなかった。彼女の姿は醜悪で、おそろしくて、不愉快だった。誰だって吐き気をもよおすくらい不愉快だった――。

ほんのしばらくのあいだ、山田刑事も運転手と同じように呆然とそれを見下ろしていた。二人の男は、まるでばかみたいにそこでそうしていた。

何も知らない通行人が一人二人、彼女のところに歩み寄ってきて覗き込み、あわてであとずさりしたり、しきりと上を見上げたりするのが認められた。少し手前で自動車が急停車するのも見えた。マンションのどこかの部屋の窓が開き、誰かが大きな声で何か叫びはじめるのも聞こえてきた。

――山田刑事は窓の傍をかろうじて離れた。

一瞬、彼は自分も彼女といっしょに七階の空間を落下して行くような、名状しがたいいやな気分を感じた。

彼はもうずいぶんどじを踏んでしまったのだ。が、またまたここでどえらいのを重ねたからには、これ以上はもはやいかなる失敗も許されはしないのだ。

「ここから見張っていてくれ。おれは電話を——」

と言いかけて、彼は運転手をみつめた。

運転手は依然としてかっと見ひらいたままの眼で下を見下ろしていた。それは人間の顔というよりは魂の抜けた木偶《でく》のそれのようだった。

「いや、だめだ」

山田刑事は訂正した。彼は驚くほど冷静になっている自分に気がついた。事態のわりには彼はたいそう冷静さをとり戻していた。

「きみまでがあとを追ってとび降りたりしては困る。おれといっしょに来てくれ、さあ、早く！」

彼は運転手の片腕をぐいとつかんで引っぱった。

運転手はひどく従順に、窓の傍を離れた。自分はまるで犯人を連行しようとしている勝ち誇った警察官そのものだと山田刑事は思った。

一体、彼の態度は何なのだ？　相手はこんなにもいたましい存在なのに——。

第六章　暁《あかつき》

1

山田刑事は総合病院の脳外科部長と二人きりで、あらためて向かい合っていた。

先だって、異様な一連の殺人事件の犯人が犯行内容・動機・経緯について克明に書きつづった自筆の遺書をのこして悲惨な墜落死をとげた何日かあとだった。

また、犯人との共犯の疑いはまぬがれようのない元使用人が逮捕されて、事件は一応の解決をみた何日かあとであった。

その元使用人なる人物は犯人のかつての自家用車の運転手兼身辺雑用係として何年かのあいだ仕えた三十代半ばになる男性である。

彼が警察の取り調べに対して次のように申し立てているということは山田刑事はそ

の職業上から知っている。その男がそう申し立てたときの態度にはわるびれたところは少しもなかったのだ。

それは、以下のように伝えられている。

『私は俳優としてのあのかたの熱狂的なファンであり、そしてまた、一人の人間としてのあのかたの熱狂的な下僕《しもべ》だった。

あのかたが離婚なさり、そして死に別れたあとでは、この自分の全人生をあのかたのために捧げて悔いないと考えた。何もかも覚悟の上で、今回の行動を選択し、採択した。

だから、あのかたのためにはどんなことでもやってのけようと決心した。自分にはそれしか生きる道がなかったからである。有罪とされることなど恐れてはいない。それがこわいくらいなら初めからやってはいない。罪に問われることなど問題ではない云々』

そう申し立てたとき、彼の顔にはふしぎな陶酔と満足の表情が浮かんでいると山田刑事は思った。山田刑事でなくても、誰だってそう思ったであろう。

すでにして元運転手の全身からはあの窓際で見せたような凍りついたごとき虚脱感は消え失せていた。彼は自分のしたことにすっかり満足しているようだった。

それも当然だろう。彼は一種の確信犯なのだ、と山田刑事はうなずいた。

むろん、彼のしたことはおそろしい犯罪の共犯・幇助《ほうじょ》であるが、彼はそれを全面的に認め、逃げも隠れもしなかった。

女優の遺書には彼を脅迫して共犯させた旨がくり返し述べてある。だからといって、彼がまったく自己の意志とは関係なしに犯行を手伝ったという証明にはなり得ない。

しかし、世間の人々には彼の心情は充分に理解されたようだし、彼の犯した罪の大きさにくらべて世間は彼に対して一種の同情すら抱きはじめているのもまた事実だった……。

その裏には、たしかにいさぎよく自殺してしまった女優の特殊な人生、その波瀾にとんだ一部始終が彼女の職業の特色と相まって人々の心にある意味でのドラマティックな昂奮をもたらしたからであったことは否定できない。

マスコミはこの一連の事件をきそってセンセーショナルに報じた。今一歩のところまで〝犯人〟を追いつめながらも逮捕できなかった警察を一応は責めた。

その一方では、警察のその〝心やり〟をよろこぶかの報道がされたのも事実であった。あれほどの大女優、演劇ファンのすべてから愛された美しい女が司直の手で裁きの座に引き据えられるのを見たがらない人間のほうが多かったのである。

共犯の容疑はまぬがれぬ元運転手は、今は捜査本部に留置されて引きつづきくわしい取り調べを受けている。彼の態度はまことに神妙かつ満足げなものである。

第一、第二の事件の被害者がさして世間の同情の眼を向けられる資格のない人物だったことも、なんとなく巷間の気配にうかがわれた。

少なくとも第一の事件の被害者のほうは地位・名声の点からは十二分に話題性を具えていたのだが、それももう、過去の話に近かった。

第二の事件の被害者の場合は、なぜか故人の生活について多くを語りたがらぬ、いや、それどころか、故人との交際があったことを必死に否定しようとする関係者ばかりだった。

話題は次第に忘れられていった。忘れられたがった、とでも言うべきか。

さらに第三の事件の場合は、犯人の遺書によって初めて事件の存在が明るみに出たという非常に特殊なケースだった。

例の高級老人ホームは事件をただちに警察に届け出るのを怠った科《とが》で大問題となり、一時は大騒ぎにもなりかけた。

しかし、結果としてはそのことのたいして重要人物でもない職員の何人かが引責処分となり、とくに犯行当夜の病棟受付係が犯人の出入りに気がつかなかったという大ミスをなじられてくびになった程度にとどまったのである。

そこの経営者及び利用者のなかに政財界の大物とのつながりをもつ人間が多かったために、事は最大限まで荒立てられずにどうにか終わったのだった。

犯人たる女優の葬儀はしかるべき法律上の処理がすべて終了したのちに、ごくごく内輪の知人たちの手でひっそりといとなまれる予定になっている。彼女には子供はいないし、実母、養父母ともにすでに死亡している。うんと努力してたどれば、そのどちらかの遠い親戚ぐらいは何人かいるだろうが、その連中はすでにして彼女の〝身寄り〟ではない。

故人の生前の栄光からすればまことに似つかわしからぬ規模の葬儀となるではあろうが、これは致しかたない。と言って、彼女を惜しむファンが何人、いや、何千人列席するかしないかは保証の限りではない。

そして、共犯者が相応の刑を受けることが確定しさえすれば、事件はすべて終わりを告げる筈であった。

しかし――。

(これで終わるわけじゃない。もちろん、終わるわけじゃない)

そう心のなかで呟きつづけながら、山田刑事は総合病院の門をくぐっていた。

あの、妻が救急車で運び込まれたことを知らされて血相変えて駈けつけてきた早春の日から何日、何週間経っていただろう？　あの、妻の手術に立ち会っているあいだに脳貧血を起こしてぶっ倒れ（あれは疲労のためだったのだと彼は今ではかたく信じていた。署の捜査課はあの頃だってたいそう忙しかったのだ。正体不明の殺人狂による連続殺人事件なんか起こる以前から充分に忙しかったのだ。彼は夜おそく帰宅するのがつづいていたものだ。だからこそ、新妻は虫垂炎を起こし、彼のほうは脳貧血を起こしたではないか。決して彼が血を見て気分を悪くした、だらしのない刑事だったからではないのだ）、妙な予備室に運び込まれて一人で寝かされているあいだに仕切りの向こうで交された男女の会話を盗み聴いた夕方、病院の裏口であの女の立姿を見かけた夕方から何日が？

あの女。細い白い縦縞の入ったダーク・グレイの男仕立《テイラード》てのスーツを着て、スモーク・グレイの大型のサングラスをかけ、黒い手袋をはめ、黒いハイヒールを履いていた女。紫の菫の花と真珠とミンクのストールの女。お抱え運転手つきのロールス＝ロイスに乗ってどこへともなく走り去った女。

三人、殺した女。そして自分ももう死んでしまった女……。

山田刑事は病院の玄関をくぐった。今日という今日は受付にとびついて、わけのわからないことをわめいて軽蔑されたり、外来患者の群れに迷惑をかけたりしなくても大丈夫という自信があった。彼はもう、自分が院内のどこへ行って誰と合うか、きちんと心得ている。その人物とはすでに面会の約束が取りつけてある。

相手は彼と会って話をすることを決して喜んでいるわけではないらしかったが、さりとてそれを避けよう、逃れようとしているのでもないのは明らかだった。

ただ、どうしても山田刑事ともう一度会って話を交さなくてはならないのであれば、あくまで理想的な条件の下にそれをしたいと考えているようだった。そして、それはもっともな希望でもあった。

重要な手術を控えていたり、予約患者で満員の日時はどうか避けてもらいたいと脳外科部長は山田刑事に言ったのだ。そして、それもまことにもっともな言い分だった。

条件が揃うのを山田刑事は待っていた。何もあわてる必要はなかった。彼は相当のあわて者ではあったが、あわてなくてもいいときはちゃんとそれを心得ていた。

そして、ようやく、その日が来たのだ。彼はこれから、ようやく、事件の最後の、真の終止符のために一歩ずつ歩いて行くのだ。

2

警察としての何やら特権めいたものを振りかざさずとも、山田刑事はすでにこの病院内では相当の〝顔〟になっていた。彼が玄関ロビーを横切り、受付を横目で眺めながらエレヴェーターのほうへと歩いて行くあいだに何人かの看護婦や医局員がちらちらと彼の顔を見てかるく会釈したり、ひそひそとささやき合ったりした。くすっと低く忍び笑いをして行く者すらあった。

あの日に彼を運び込んで介抱した二人の看護婦に出くわさなくてさいわいだと山田刑事は天に感謝した。彼の妻の腹を切った担当医が彼の愛妻ぶりをからかい半分に賞めそやしていることも、あるいは例の二人の看護婦が彼の噂を同僚にまき散らしていることも彼は知っていた。

彼女たちは蔭では彼のことをば、〝あのかわいい刑事《デカ》ちゃん〟と呼んでいるのだそうだ。

『まあ、奥さんの手術をちょっと覗いたと思ったら、丸太ン棒みたいにぶっ倒れちまってさあ。いくら新婚だからって、あんなのは初めて見たわ。妻《さい》ノロで気がちいさくてだらしがないようだけれど、でも、刑事としては有能なのよねえ。今度の事件の犯人をちゃんとアゲたものねえ』

そうだろうか？　彼は本当に今度の事件の犯人をアゲたのだろうか？

とにかく、彼もここではずいぶん有名になったものだ。その証拠に、エレヴェーターのなかで偶然出会った婦長は彼にていねいに挨拶し、

「脳外科部長の部屋はこの廊下の突き当たりでございます」

と親切に教えてくれたのである。

おかげで彼は二度と迷い子にならずにすみ、約束の時刻に一分一秒違えることなく、その部屋で相手と向かい合うことができたのだった。

その部屋はこの病院の医長・部長クラスにあてがわれている個室兼私用の応接室で、病院内のほかの部分とはまったくかけ離れた、嘘のような静けさがただよっていた。それほど広くはない洋間だが、医者の居室にふさわしく余計な装飾が施されていないので、実際よりはゆったりとおちついて感じられた。二方の壁は医学書や研究書がぎっしりと並んだ黒檀材の本箱が占めている。テーブルも椅子も磨きこまれた黒檀材である。

まだ日も高いのに、カーテンを半ば閉めきった室内は仄暗く、一隅のフロア・スタ

ンドの明かりがやわらかい。本箱のない側の壁には、山田刑事にもどうにかそれと見分けられるたぐいの高名な画家の手になる高名な油絵が掲げられてある。それが不気味な人体解剖図だの、あるいは血みどろの怪奇派の作品だのでないのを山田刑事はむしろふしぎな気持で見守った。それはゴッホの『向日葵《ひまわり》』の複製だったのである。

そして、脳外科部長は自分で立って、手ずからコーヒーをいれた。コーヒーは山田刑事の来訪に備えて少し前にサイフォンに充たされていたらしく、室内には芳香がたちこめていた。

「仕事に疲れると、こうしてここでひとりで飲むのですよ。喫茶店へ行ったりはせずにね。あなたはクリームは入れますか?」

「お願いします」

脳外科部長は五十歳を少し過ぎたところらしい長身の美丈夫で、ととのった顔立ち、わずかにグレイがかった豊かな髪の毛。おりおり、皮肉な微笑とも苦笑ともつかぬかすかな影のようなものをおびる口もとといい、おだやかななかに鋭い光をひそめた眼もといい、一分の隙もない好男子だった。今は白衣など着ていない。ミルクを落としたモカの一杯よりだいぶ淡い色合いのジャケットに、ベージュのネクタイ。

そして、しゃべり出すと、あのアコーディオン・ドアの仕切り越しに山田刑事が初めて耳にした、ややかすれ気味の低い声がまた響いてきた。

（この人物なら、彼女と二人で並んで話をしていてもたいそうお似合いだったにちがいない。いや、その通りだ、まったくお似合いのカップルに見える……）

山田刑事は相手の協力によって女患者の身許が教えてもらえたことをあらためて感謝した。脳外科部長もそれに礼儀正しく応じた。あんなふうないたましい、いたまし過ぎると言っていい結果となったのを心から悲しく思う、と述べた。

「彼女とぼくとは昔からのつき合いでしてね――」

と、沈んだ口調で脳外科部長は語りはじめた。

「と言っても、単なる友人、あるいは女優とそのファン以上の関係になったことはただの一度もありません。彼女のお父さんとのつき合いが先で、その縁で彼女もぼくのところへ診察を受けにくるようになったと言ったほうが正しい。しかし、ぼくの専門が専門ですから、ずうっと彼女の主治医だったとかそういったわけではまったくありません。彼女がはなばなしく活躍していた頃、ぼくにとって彼女は遠い存在でした。実際、ちょっと風邪をひいたから、ちょっと腹をこわしたからと言っていちいち脳外科医のところへ来る患者はおりませんからね」

「それはそうです」

「永いあいだ、彼女はあんなにも成功した、あんなにも活躍した大スタアでした。いつだってぼくはこの病院の一角からまぶしい思いで彼女のほうを見上げていたものです。それは、ときには公演を見物しに行くこともありましたが、ただそれだけの話で、べつだん楽屋をおとずれるわけでもなかったし……」

脳外科部長はコーヒーを一口、静かに飲んだ。

「それが、一体、なんとしたものか、そう、あの結婚、みんなに祝福されて結ばれた筈の彼女の結婚以来、彼女には凶運がつきまとうようになったのですな」

「――――」

「なぜ、幸福の絶頂と見えたものがたちまち、そこからすべり落ちて行くためだけの座になってしまうのか、まったくふしぎとしか言えませんな。あまりにも幸福になり過ぎたから、あまりにもすべてが具わってい過ぎたから、あまりにも彼女と御主人が愛し合ってい過ぎたから、悪魔が妬くのでしょうかな？　それとも、神が」

「――――」

「いや、つまらないことを申しました。そんなことではなく、いわゆる夫婦同業というのは、とくにああした芸の世界となるとなかなかうまくいかないらしいのですね。それも彼女夫婦のように、妻のほうがだいぶ先輩で芸の力も人気も収入も夫をはるかにしのいだ場合はなおさら」

「しかし、愛し合って結婚した夫婦だったのではないですか？」

山田刑事はなんとなくわが身を振り返りながら問うた。刑事の妻が警視総監だったらどうだったろうか？　彼は彼女を愛すだろうか？　しかし、あの女優は何も俳優協会の会長だったわけじゃない。芸術院会員だったわけじゃない。あの女優はまだ充分に若く、かわいらしい女性だった。それなのに、なぜ、彼女の夫は彼女を妬んだのか？

脳外科部長は黙ってコーヒー・カップをみつめていた。やがて、言った。

「もちろん、愛し合っていました。ぼくはよく知っています。しかし――」

「しかし？」

「いや、とにかくですな、彼女の結婚生活が円満におこなわれていないという噂が伝わってくると時を同じうしていましたかな、彼女の舞台生活にも翳《かげ》りが見えると言われ出した。事実、何を演《や》ってもどうも評判がよくなかったのです。あとから考えれば、それも無理もなかったでしょう。彼女はたしかにあの頃、発病していた筈なのですから」

「――」

「だが、この種の病気にはよくあることで、初めはごくかすかな、素人考えではまさかそれほどの重大事につながるなどとは到底思えない、なんということもない身体の不調が少しずつ徐々に始まるだけなのですからね。彼女がその時期に精密検査を受けようとしなかったのは痛恨のきわみではありますが、しかし、当然と言えば当然なんです」

「盲腸炎なんかとはちがうでしょうからなあ」

彼女が盲腸炎、急性虫様突起炎だったらよかったのにと山田刑事は考えた。そうしたら、医者はそいつをその日のうちに切り取り、彼女は一週間で退院してふたたび元気に舞台に立ったであろうに、と。

脳外科部長は何やら軽蔑したように山田刑事を眺めたが、そのことに関してはべつに何も言わなかった。

「ぼくらは——」

と、彼はつづけた。

「いや、つまり、世間はその当時はむしろ、彼女の御主人の健康状態のほうを心配していたのです」

「彼は何の病気だったんですか?」

「先天的な心臓疾患がありましてね。俳優業はどちらかと言えば向いていなかったのです。が、才能とルックスに恵まれていましたからあそこまで行ったし、しかもあの大女優に恋され、結婚までしたわけです。そして、彼女に泣いてすがられながら息を引きとった。男としては、むしろ、冥加に尽きたかもしれないと言う人もいたくらいでしたっけねえ。しかし……」

脳外科部長はかすかにあえいで息をついたようだった。

何か、それとははっきりわからぬにせよたいそう冷たい、そしてたいそう悲しげなものがその紳士的な眼《まな》ざしの底をよぎったと山田刑事は確信した。

「彼はこの病院で亡くなったんですか？」

「そう。何日か入院しているうちに発作が激しくなって。もっとも、ぼくは科がちがいますから担当ではありませんでした。ただ、毎日のように見舞いには行きましたが。たしか、あの月、彼女は或る芝居に出演中で毎日毎晩つききりというわけにはいかなかったのですよ。もちろん、芝居がハネるとすぐに駈けつけて来ていました」

脳外科部長は当時の思い出をたぐるように、じっとコーヒー・カップのなかをみつめていた。まるで、そこをみつめていると、濃い茶色の表面にクリームが大理石模様を描き、さらに何かの呪文か占いの予言かをジプシーの秘密のそれに似て浮かべるのだとでもいうみたいに。

「で、とにかく、彼女の御主人は若くして亡くなったんですね？」

と、山田刑事。

「そう、若くしてね」

脳外科部長はうなずいた。

「いくつだったんですか？」

「まだ三十二歳。俳優としてこれからというときでしたよ」

「ぼくはあまり芝居などは見ないんで——」

山田刑事はかるく頭を掻きながら、しかし、べつに照れもせずに訊ねた。

「彼は相当に有望な俳優だったんですか？　いや、失礼な訊ねかただったら許して下さい。その、つまり、病気にさえならなかったらば、やがては彼女に匹敵する大スタアになれるような人材だったんですか？」

「——」

微妙な脳の手術に馴れた、長い、しなやかな指がコーヒー・カップを何度目かに取り上げていた。カップが受け血を離れるとき、かたかたとかるく鳴るのを山田刑事は聞いた。

「それは、ぼくは演劇の専門家ではありませんからなんとも申し上げられませんな。ぼくではなく、れっきとしたその道の大家に訊ねるべき御質問ですね。たとえば、あの深瀧則典氏のような」

「なるほど。あの芝居の先生が死んでしまったのは残念なことです」

山田刑事は大きく息をついてから、思い切ったようにつづけた。

「では、演劇の専門家だろうと医学の専門家だろうと答えていただけるような質問をさせて下さい。彼女の御主人だった俳優氏はハンサムな男性でしたか？」

「それは――そう、彼はぼくの知っているなかで一番ハンサムな男性でした」

「そうですか。で、彼が亡くなって少しして彼女が発病したのですか？」

「そうです。が、その前に、彼女のお父さんがぼくの患者になっています。老人ホームで悠々自適の生活を送っておられたのが、脳に異常を訴えられましてね。診断の結果、明らかな重症であることが認められました。しかし、なにぶんにも老齢であり、患部が患部ですので危険度の高い手術は見合わせることになったのです。当面の生命の危険がないならば、あのまま、老人ホーム附属の病室で療養したいと御当人も希望されましたのでね。それから――」

「それから、彼女が発病したのですか？」

「そうです」

「なんと病人の多いことですなあ」

と、山田刑事は言った。

3

脳外科部長はじろりと山田刑事を見やった。カップを受け皿に戻した。

が、彼は何も言わなかった。彼はそのまま黙ってじっと山田刑事を見据えていた。

「で、彼女は先生に診察を仰ぎにここへ来院したのですね？」

と、刑事は訊ねた。彼もまた、相手をじっと見据えた。

「そうです」

と、脳外科部長はうなずいた。

「古い昔のよしみで彼女はぼくのところへやって来た。仕方なくやって来た、と申し上げるほうが当たっているでしょう。ともあれ、ぼくは早速、できる限りの手段をぼくなりに総動員して検査と診断に当たりました。慎重に、何度も何度も検査を繰り返しました。あの種の病気にはそれが必要ですからね。ぼくのやったことは医者としてまったく当然のことだったと信じているが」

「その通りです。たしかに、あのとき、ぼくが聞いてしまった彼女との会話のなかでも先生はそうおっしゃっていました」

「彼女は焦りすぎていたのです」

と、脳外科部長は言った。

「もう少しゆっくりと、そう、もう少しゆっくりと時間をかけて、いろいろな検査をおこない、そしてその結果のすべてを照合して診断しなくてはならない症状だったのに、そして、そうやったとしても決して一朝一夕にははっきりした診断の下せるたぐいの病例ではなかったのに、ぼくの忠告もかえりみず、ただもう、

『早く！　早く！』

と黒白の宣告をもらうことだけを焦りすぎていました。自分は父親から遺伝した、おそろしい病毒にとりつかれたと思い込んでしまっていました」

「――――」

「昔から何かを思いつめるとそればかりになってしまう、いわゆる〝思い込みの激しい〟ところのある女でした」

「――――」

「今回の場合は、その性質が彼女自身を破局に追い込んだと思われます」

「では、なぜ、あなたは――」

山田刑事は息をはずませるようにして言った。

「あなたは、もっと早く彼女に、

『きみは決しておそろしい不治の病気になんかかかっていない。診断はシロだ』

と、はっきり言ってやらなかったのです？　なぜ？」

「――」

脳外科部長はかすかに片方の眉を吊り上げて山田刑事を見た。非常に異なことをたかが刑事風情から問われるものだとでもいうように。

「ほう？　それは一体、どういう意味ですか？」

と、脳外科部長。

「とぼけてもだめだよ、先生！」

と、山田刑事は叫んだ。

「あの患者が――彼女が〝父親から遺伝した、おそろしい病毒にとりつかれていた〟かどうかを、今となってはあなたはどうやって証明するんです？」

「――」

「たしかに、或る程度まではそれは証明できる」

と、山田刑事はつづけた。

「いや、むしろ、彼女がその種の病毒にはとりつかれていなかったことを或る程度まては証明できる、と言い直したほうが当たっているかな」

「――――」

「それは、なぜかというと、死体となった彼女は解剖というものを受けましたからね、受けざるをえませんでしたからね」

「むろん、その通りです」

脳外科部長はほんの少しほほえんだ。山田刑事の言おうとしていることを彼はすでに察知しているのかもしれなかった。

（ちがう！）

と、山田刑事は自分自身につよく言い聞かせた。

（ちがう、こいつがおれのこれから言おうとしていることを察している筈がない……筈がない……）

「それはたしかに、彼女の解剖所見からは少なからぬ内臓障害はいくつか発見されたそうです。とりわけ、あの年齢の女性特有の生理的な障害につながる、いくつかの症候はね。しかし――」

と、山田刑事はつづけた。

「しかし、そんなものは死病でもなんでもありはしなかった。あなたが、一言、彼女に向かってきっぱりと否定してやりさえすれば、そんなものはけろりと雲散霧消して、彼女はそのあとも元気に生きつづけて行ける筈だったんだ」

「――」

「なのに、あなたは彼女をまことにむごい目に合わせた」

「――」

「主治医として専門医として、彼女の病状の何たるかはとっくにようくわかっていたにもかかわらず、ああして……ああして……」

山田刑事はあのときのあの会話を思い浮かべた。思い浮かべる必要は少しもなかった。あの会話はいつだって彼の脳裏にびっしりとこびりついていたのだ。まるで、何かのひどく醜悪な黴菌《ばいきん》のように。汚ならしい毒虫が生みつけた卵のように。

「ああして、あなたは思わせぶりに返事をにごし、彼女の心をめちゃめちゃにかき乱したんだ。病気の恐怖におびえきっている患者の心理にそれがどんなにつらいことかを十二分に承知の上でやってのけたんだ」

「――――」

「まず、訊こう。一体、なぜ、あんなことをした？　彼女に対して、あなたはどんな恨みがあったというんだ？」

「それはね――」

脳外科部長の顔が少しく歪んだ。声が、また少しかすれはじめた。

「それはね、べつに今ここで刑事さんに申し上げなくてはならないような種類のことではないと思いますよ。医者は患者の秘密を厳守しなくてはならない。そのことはおわかりでしょう？」

「わかっています」

「ならば、彼女がここに来院して、ぼくの診断・検査を受けるようになってから、あなたがぼくと彼女とのあの会話を聞いた○月×日に至るまでのあいだに、彼女にどんな病状、どんな症候が所見されたかはぼくだけが知るところだ」

「――しかし」

山田刑事は決してひきさがりはしなかった。

「しかし、それにしても、そのすべての病状、症候が消え失せてしまうことはあり得ますまい？　もし、彼女の病因が首から下の内臓にあったのだとしたら。ちがいますか、先生」

　脳外科部長はゆっくりと山田刑事を見返した。

　彼は黙って山田刑事をみつめていた。刑事ごときにこの先、何を言い出せるかとでもいうような表情でじっとみつめていた。

　山田刑事には、それがたいそう面白かった。

「先生、ちがいますか？」

　と、彼はもう一度、念を押し、相手をじっとみつめ返した。

「はい、そうです」

　と、脳外科部長は答えた。

「ではね、先生、彼女の病因は首から下にはなかったんでしょう？」

「――――」

「なかったんでしょう？」

「なかった」

「彼女が不当に悩まされ、その結果としてああした異常きわまる精神状態、心理状態になったことが今のあなたの言葉で証明されましたね。先生、この連続殺人の犯人は彼女だったが、その〝真犯人〟はじつはあなただったんだ」

「しかし、それをどうやって立証するのかね?」

と、脳外科部長は訊ねた。

「きみの盗み聞いた会話がテープレコーダーか何かに録音されていない限り、そして、それが○年○月×日の会話だと証明されない限り、いや、たとえ、そんなものが証明されたとしても、ぼくがぼくの患者に不当な精神的負担を負わせたとする事実は立証されないだろうね」

山田刑事が見据えつづけていると、脳外科部長は椅子を立ち上がり、窓のほうへと歩いて行き、そこから下を見下ろした。

すでにしてあたりは春ではない。夏とも呼べぬ、明るいがたいそう淋しげな白い光がそこのガラスを照らしていた。

しかし、脳外科部長の眼はそんなものは見ていないらしかった。きらきら光るガラス窓のはるか向こうのコンクリートの林も彼の眼には映っていないようだった。

彼の眼はそのはるか遠くに去ってしまったものをもう一度だけ見きわめようとしているかのようだった。

「刑事さん――」

と、彼は振り返って、呟いた。

「ぼくはあの女を愛していた、心から」

うめくような声がその端正な唇から洩れてきた。

「どこの誰にも劣らず愛していた。そのことだけはわかってくれ。だが、あの女はぼくのことなど目もくれなかった」

「――――」

「あの女はあの夫に惚《ほ》れ抜き、そして彼をすっかりだめにしてしまった」

「?」

「そう、あの女のおかげで彼はすっかりだめになってしまったんだ。彼自身の意志とは関係なしにね」

「さっき話して下さったあのハンサムだった若手俳優、彼女よりずっと前に早死した彼女の元の夫がですか?」

「そう」

「その男が彼女のおかげでだめにされたと言うんですか? 一体、それはどういう意味です? 二人はたいそう愛し合っていたんではなかったのですか?」

「彼女のほうは彼を愛していただろうさ。そりゃもう、俗な言葉で言うなら〝ぞっこん〟、〝首ったけ〟といったところ、いや、それでもまだ足りなかったかもしれない。

しかし――」

「しかし？」

「彼のほうがどんなにあの女を憎んでいたか、憎みながら死んで行ったか、刑事さんにはおわかりになるかな？」

「――」

「だからこそ、運転手はすべてを捧げて協力したんだよ」

「彼女にですね？」

「ばかな！」

脳外科部長はあわれむように山田刑事をみつめた。

「彼に、だよ」

4

山田刑事が総合病院からいっさんにとって返し、署に走り込んでくると、上司の警部が遠くから彼を見つけ、上機嫌で、

「おいおい」

と手招きした。

山田刑事は立ちどまらなかった。

「おいおい、山田！」

警部が声を張り上げた。

「何をあわててるんだ？」

「は、ちょっと——」

「いいからこっちへ来い。じつはな、きみの昇進の件で——」

「すみません、警部、急いでるものですから、あとにしてくれませんか！　用がすんだら、すぐに伺いますから」

振り返ってそれだけどなると、彼はそのまま走りつづけた。刑事部屋へは入って行かなかった。廊下を走り、薄汚れた階段を駈け下り、もっと薄汚れた地下室へと下りて行った。

そのあわてふためいたとしか思えぬうしろ姿を見送って、警部は仕方なさそうに首をゆっくりと振った。心のなかでは、

（仕方のないやつだな。いつでもせかせか走りまわってやがる。今回の事件は解決したし、女房はあれからすっかり元気になったと言っていたし、しかも、今回の大手柄

はあいつが立てたんだ。昇進どころか殊勲賞の上申だって考慮中というのに、まだああして駈けずりまわってるのはどういうわけなんだ……？）

というようなことを呟いてはいたのだが、警察官としては部下がのんびり居眠りをしていたり、さっさと家に帰りたがったりするよりはああしていかにも機敏かつ緊張した雰囲気で駈けずりまわっているのを見るほうが好ましかったのは事実なので、山田刑事をとがめる心は毛頭起こらなかった。

あいつはおそらく、腹くだしでもしたんだろう、と警部は考えた。山田刑事が血相変えてすっとんで行った廊下の突き当たりには階段のほかに便所もあったからである。

山田刑事は便所へ行ったのではなかった。地下室の留置場の並んでいるあたりまで降りると、そこで初めて立ちどまって大きく息を吸い込んだ。

舌には、さっきふるまわれたコーヒーの香りと生クリームの感触がまだ残っているようだった。コーヒーは苦《にが》く香ばしく、クリームは仄かに甘くてどこか頼りなかった。かすかにしどけない舌ざわりもあった。その全部がいっしょになると、山田刑事はあまり好きではないと思った。コーヒーは彼はやはり、ブラックを好んだ……。

留置場のガード係の巡査が近づいてきて、

「何か御用でしょうか？」

と訊ねた。

山田刑事はちょっと考えてから、

「いや、自分で行く。頼むよ」

と答え、目ざす留置人の名前と収容されている房の番号をガード係に言って、そのあとにつづいて廊下を歩き出した。

本来ならばガード係に頼んで、その留置人を階上の取り調べ室に連れてこさせればいいのである。

だが、山田刑事はそれをせず、自分から留置人のところへと向かったのだ。

他のもろもろの有象無象の留置人たち、それぞれに犯罪容疑に問われてはいるがさほどの大犯罪とは関係のない連中は雑居房の大部屋に十把一からげにほうり込まれている。しかし、山田刑事の会う相手はちがう。彼は雑居房などという安っぽい場所には入れられてはいないのだ……。

ガード係がその房の扉の錠を開くと、窓一つないその箱のような部屋の一角にぽつんと腰を下ろしていた留置人がじっとこっちを見た。

死んだ名女優、三人を殺害した殺人女の運転手兼雑用係だった男は、それほどやつれてはいなかった。むしろ、このあいだ、女主人の悲惨な最期の姿を窓から見下ろしていたときの表情にくらべれば、いきいきと生気にみちているとすら思われた。

この男がここに収容され、この数日、きびしい取調べを受ける席に山田刑事はずっと居合わせていた。だから、最初の一日ぐらいこそ極度の疲労、心労、ショックなどのためにとても平常の状態とは見えなかったにもせよ、そのあとはもう、この男がみるみる回復し、おちつきをとり戻し、警察側の扱いに感謝まで示し、安心立命の境地と呼んでもいいような様子に到達して行く過程を余さず観察していたつもりなのだ。

この、今度は逆に異常なまでの安らかさ、満足げな静けさは何なのだろう、と山田刑事は思ったものだ。相手の心理は一応は山田刑事にはうなずけた。一応も二応も。

しかし――。

(今日はそれが解けた)

と、彼は自分にささやいた。

彼のささやきを相手は聞きつけたのだろうか？　その異常に研ぎすまされた、鋭利な磁気探知針のようになった、静かな神経で。

ガード係が山田刑事をなかに残して去ってしまうと、山田刑事は壁によりかかり、腕組みをした。じっと相手を見返した。そして、言った。

「脳外科部長に会ってきた」

元運転手はかすかにうなずいた。

「それで今日は調べが休みだったんですね?」

「うん」

と山田刑事は答え、ここで煙草をとり出して相手にすすめ、自分も一本くわえて火をつけ、壁によりかかったままふうーっと大きく煙を吐き出すことができたらどんなにいいだろうと、ふと思った。昔見たアメリカ映画の留置場のシーンのように。

だが、今は彼は煙草は吸わないのだ。留置場は禁煙だった。そこは〝豚箱《ぶたばこ》〟という形容はもうそぐわない、清潔で行儀のいい、民主警察にふさわしい、面白くもなんともない空間なのだ。

「で、あの先生は変わりないでしょうか?」

訊ねたのは留置人のほうで、

「元気だったぜ。おれに美味《うま》いコーヒーをいれてくれた」

と答えたのが刑事のほうだった。

留置人は微笑した。彼はなにかを思い出したらしかった。そっと唇をなめた。

「あの先生は患者以外の客には、いつもあれを出すんです」

「きみはミルクを入れてもらったかね?」

相手ははずかしそうに山田刑事を見返した。

「先生はクリームしかすすめてくれませんでしたが」

山田刑事も微笑した。べつに愉快だからそうしたわけでもなかったのだが。

「つまり、きみは患者としてでなくあの医者に会ったことがある、それもあの私用の応接室で相当に親しい間柄、もしくは大切な来客として迎えられたことがある、という意味だね？」

「私ごときがあの先生と親しい間柄、もしくは大切な客として迎えられたわけではありません。私のほうから乞うて、先生に内密に会ってもらいに行ったのです。私のほうから押しかけたのです」

悲しげに、だが、決して昂奮も逆上もしていない口調で運転手は淡々と言った。

「ただ、私があの女の使用人、それももはやたった一人の使用人であったこと、それと私の話、私の願いの筋の内容が重大だっただけです。その意味から申すなら、先生は私を大切な客として迎え、コーヒーをもてなしてくれ、そして私の話を聞いてくれました。願いも肯いてくれました」

「願いって――あのことか？」

山田刑事は腕組みをほどいた。

「そうです。あのこ、と、です」

相手はまったく悪びれずにうなずいて見せた。さらにこうつづけた。

「すべて、私が先生に頼んだからです。ひれ伏して頼んだからです。先生が自発的にやったのではありません」

「なんだか、どこかで聞いたような、どこかに書いてあったと同じような文句だなあ」

運転手はにこりともしなかった。

「あの女も偶然、私と同じ心境にあったからです。ただ、あの女は先生のよりは直接的な犯行をやってのけ、それを私に手伝わせたのです。先生のやったことはそれにくらべれば犯罪でもなんでもありません！」

彼がすでに女主人のことを〝奥様〟とは呼ばないのを山田刑事は知った。彼にとって彼女はもう、〝あの女〟にすぎないのだ。

いや、ずっと以前から〝あの女〟だったのだ。彼はそれをあらわにしなかっただけだ。彼はあの頃は彼女を〝奥様〟と呼ばなくてはならなかっただけの話だ——。

「刑事さん！　先生は何の罪にも問われないでしょうね？」

「——」

「私は兄が——実の兄ではありませんが、私にとっては兄以外の何者でもなかったのです——あの女と結婚したことまでを悲しんだり憎んだりしていたのではない。彼がしあわせになるのなら、とよろこんでいました。しかし、結果としては兄はあんなにも不幸になり、あの女を呪いながら死んで行った。私は兄のためにあの先生の協力を頼んだのです。協力と言ったって、ほんのわずかなことでした。あの女に『病状をはっきり言わず、思わせぶりにしておいて下さい』と頼んだだけです。先生は私と兄の気持を汲《く》んで、その通りにしてくれました。刑事さん、そんな行為はべつに犯罪にはならないでしょう?」

「——」

山田刑事は運転手を見据えた。

「きみは彼女の夫の何だったのかね、一体」

「後輩でした」

と、運転手は答えた。

5

「ということは、きみも一時は俳優を志していたという意味かね？」

「俳優などと呼べるほどのところまで行ったわけじゃありません」

運転手は椅子に腰を下ろし、両手にあごを埋めた。ほんの少し、彼は赤くなったようだった。彼のような、どちらかと言えば醜男《ぶおとこ》に近い人間がそんなようになると、たいてい、似つかわしくないものだ。

が、今はちがった。彼はまるで少年のようにはにかんでいると山田刑事は思った。

「それでも、とにかく、志したのだろう？」

「あの世界にあこがれてとび込んではみましたが、じきに自分には到底資格がないことを思い知りました。私は根っから二枚目という柄《がら》ではない。かと言って、演技力で立つほどの才能もありません。つくづくそう思い知ったので、一時は故郷へ帰ってしまおうと決心しかけたのですが、彼が引きとめてくれたのです」

「――――」

「で、彼の付人《つけびと》のようなものになりました。そうは言っても、当時の彼はそれほどの大スタアではありませんでしたから、私を養うのは大変なことだったのです。私も彼に迷惑をかけるのは心苦しかったので、何度かやめようと申し出たりもしたのですが、そのたびに彼は引きとめてくれました。自分の生活費を切りつめても私に給料を渡してくれました。私もできるだけアルバイトをして、彼のところにとどまれるようにしました。一口で言えば、私はそれでしあわせだったんです」

「男同士の友情か？」

「そんなものでしょうね」

淡々と運転手は言った。

「いわゆる同性愛とかそういったものは私たちにはありませんでした。いくらでも御想像にまかせますが、彼が、〝女嫌い〟ではなかったことはあの女と恋愛し、結婚したことが何より証明しているでしょう？」

「それはそうだ」

「彼が結婚すると決まったとき、私は今度こそやめなくてはいけないと覚悟しました。が、それどころか、彼はむしろ、私にいてもらう必要が大きくなったと言ったのです。あの女と結ばれたことによって、たしかに一時的には仕事も人気も増しましたし、付人としての私の役割もふえたのは事実だったのです。私は彼ら夫婦の邸に住み込み、運転手として雑用係として、それこそあらゆる仕事を引き受けていました。あの女も私の存在を重宝がってくれました。それに——たいそう言いにくいことではありますが、私の給料も彼一人のときよりずっと値上がりし、きちんきちんと支払ってもらえるようになったのです。もう私はアルバイトをして収入の補いをつける必要もなくなった。私は完全に彼ら夫婦の使用人として、それもなかなか有能な使用人として、認めてもらえたのです」

「きみならその通りだったろうな」

「御主人の——彼の声色《こわいろ》まで使ったこともありましたからね」

運転手はひっそりと微笑した。

「私はルックスは彼とはおよそくらべものになりませんが、声質だけは似ていたのです。声で奥さんをいっぱい喰わせて、三人で大笑いしたことだってありました」

「その頃は三人してしあわせだったんだね？」

「一応はね」

「一応はね、とはどういう意味？」

「それはそうした人間三人の生活にはいろいろと複雑なものがあったわけですよ」

刑事などにはわかりっこあるまい、というようなことは運転手は言いはしなかったが、山田刑事にはそれが察しとれた。当然かもしれない。周囲の祝福と同じくらい反対の声を浴びて年下の同業者との結婚に踏み切った大物女優、芸のほうは妻には到底及ばないと公然と噂されながら焦っていた中堅男優、彼に仕えながら夫人にも忠実でなくてはならなかった挫折した元俳優志望者の使用人……この三人が一つ屋根の下にくらしていたのだ。それは山田刑事と新妻との生活とはだいぶ異なる性質のものだったにちがいない。

そう、そして、そこにはもう一人いた。女優に心を寄せながら決して報われることのなかった医者がもう一人。

「夫婦は何年間ぐらい結婚していたのだったのかね？」

「五、六年でした」

運転手は足もとに視線を落として答えた。

「離婚したとき、きみは御主人について彼女の家は出たんだろう？」

「はい」

「結局、離婚の原因は何だったんだ？」

「あの女が大物過ぎたんですよ」

「――――」

「女優としてはあの女はまことに大器でした。しかし、妻としてはね……。それも無理のないことかもしれません。あれほどの女優ともなれば、世の常の女房族とはまったくちがう存在なのです。だが、あの女の一番困った点は、自分でそれを自覚していなかったことです。女優としての成功同様、女としての幸福もつかみたがり、それにしがみつき、結局は夫の男としての生活も俳優としての生活も両方だめにしてしまったんです」

「具体的に言ってそれはどういうことなんだ?」

「刑事さんも婦人刑事と結婚してみればわかりますよ」

「あいにく、うちの女房はまったく平凡なＯＬ上がりなんだ。警察活動どころか推理小説も読まない。読むのはハーレキンなんとかと婦人雑誌だけさ」

「だから最高の奥さんなんです。女優と男優のあの夫婦はいざ仕事となると、おたがいよりいい演技を見せようとしてすさまじいほどの闘志をむき出しにしましたからね。自宅での私生活のときでさえ、私の見ている前でさえね。彼らにはほかのことはわからなくなってしまうんです」

「そんなものかね」

「そうですとも。とにかく、彼はあの女と別れたときには身心ともにずたずたになっていましたよ。あの女にはそんな気《け》ぶりも見せず、世間的にも最後まで彼女を愛している男という芝居をし通して死にましたが、死ぬまぎわまで彼女を呪いつづけていました。私がそのことを知っている唯一の人間です。そして、私からそれを打ち明けられたあの先生と二人がね」

「あの医者は彼女に惚れていたのではなかったのかい？」

「惚れていました」

「それじゃ亡くなった彼女の御亭主はいわば恋仇《こいがたき》じゃないか。その死をよろこびこそすれ、味方をしたのはどういう心境からだろう？」

「それは男同士だからですよ」

運転手は事もなげに言ってのけた。

「自分をフリ通したあの女に対する憎しみも強かったんでしょう」

「復讐、復讐、復讐か」

うめくように山田刑事は呟いた。

「復讐してどうなると言うんだ？」

「どうもなりはしません。ただ――」

「ただ？」

「生まれてきたことの意義が少しは見つかります。愛情は人間をだめにしますが、憎悪は人間を鍛えます」

「きみのように？」

「そう、私のようにです。憎悪はすばやく行動に移さないと、やがてすり減ります。すり減った憎悪ぐらい始末に困るものはありません」

「それで、きみは本心を隠して彼女のところへ戻ってまた働くことにした？」

「あの女がぜひそうしてくれと言ったものですからね。いいさいわいでした。あの女は私が彼女を慕っているとばかり思い込んでいたのですよ。ばかな女！　いや、女ってたいていはばかなんですが」

「彼女が自分は不治の重病、それも次第に脳を冒されるおそろしい重病にかかっていると思い込んで——思い込まされて、次々と殺人を計画しはじめたときはまさにきみの思う壺だったわけだね？」

「その通りです」

　運転手は視線を上げた。

「できるだけのことを私はしました。みんな、彼へのためです」

「最初のときは小道具の拳銃を実際の殺人に使えるものに造り変えてやった」

「そうです。少年時代にモデル・ガンのマニアだったので、たいしてむずかしいことではありませんでした。それを実用に使ったときに果たして成功するかどうかまでは知りませんでしたが、天が味方してくれたようです」

「二番目のときは声色を使って被害者を呼び出した。電話で、それからホテルの部屋のドアの前で」

「ああ、あれね」

元運転手はかすかににやりとした。

「あれはそれ以上でした」

「――――」

「あの被害者はこの私としても殺したいと思っていたのです。おそらく、奥さん以上に。理由はお察し下されるでしょう？　あのプレイ・マダムもまた、私の愛するものを汚したのです」

「――――」

「今となっては、奥さんか、私か、どっちが殺ったのかどっちだって同じでしょう？」

「そうは言い切れないがね」

「三つめのはあれは明らかにあの女の犯行でした。私は言われるままに公衆電話をかけ、車を駐めて待っていただけです。あのときは声色すら使いませんでした。ごく簡単なことでした」

「みんな、彼への手向《たむ》けにやったのか」

山田刑事は大きく一つ息を吸いこんでから言った。

「彼女を窓から突き落としたのも？」

「――」

6

「何もあそこまでしなくても――」

山田刑事は相手を見据えた。

「あのとき、彼女はすべての計画を達し終わり、思いのこすこともなく、覚悟を定めて睡眠薬を大量に服《の》んでいたんだ。なぜ、あのまま静かに死なせてやらなかったのかね？」

「彼女は睡眠薬だけでは決して死ねないと言っていました。死にきれずに苦しい、見苦しい目に会うのは絶対にいやだと」

「――」

「彼女は自分から立ち上がって窓のところへ行き、ふらふらとよろめいて墜ちたんです。私は抱きとめようとしましたが、遅かった。あの女はもう立っていることもままならない状態で、窓から身体を乗り出すようにして、あっというまに……」

「嘘をつくなよ」

山田刑事は言った。

「きみのやったことのすべてにぎりぎり最小限の同情や共感を感じてやるまで妥協したとしても、あの最後の行為だけはそのなかには入れないぜ」

「――」

「きみが彼女を突き落としたんだ。それもうしろ向きに落ちるようにね」

「――」

「おそらく、ぼくに病院から電話がかかっているという口実を言ってぼくをあの場から離したあいだに彼女を前から抱きかかえて立たせ、そしてそのまま窓に運んであお向けに突き落としたんだ。あのときの彼女の状態なら子供を抱き上げて落っことすようなものだったろう」

「――」

「なぜ、あんな残酷なことをしたか、その理由を言って見せようか？　きみはあのまま彼女が薬物死するのでは困るんだった。彼女の脳にはなんの病気もないことが解剖で判明しては困るんだった。あの医者のためにね！」

「――――」

「だから、ああやって彼女の頭部を粉砕する必要があったんだ。『さすがに女優だ。顔面をそこなわないようにとうしろ向きにとび降りた。顔は最後まできれいだった』と世間は彼女を讃えた。その代り、彼女の後頭部は原型をとどめていなかった。あれではどこにどんな病巣があったのかなかったのか、解剖医にはわからない」

「たしかにそうです……」

「あの先生が罪に問われないようにするためにああしたのかね？」

「はい。あの女が遺書に何もかも書きのこし、その遺書を私が廃棄してしまうことができない以上、患者に偽りの診断を聞かせた医者の責任は問われざるをえないと思いました。それでは私が無理矢理頼み込んであの先生にやってもらったことに対して、申し訳が立ちません。それで完璧を期しました」

「しかしだね、きみ」

山田刑事はかすかに苦笑した。

「きみがあんなことをしたからってな、あの病院にはあの医者が撮らせた彼女のレントゲン写真が残っているんだよ。それを調べれば彼女にはなんの病巣もなかったことぐらい、あっさりわかってしまうというものだぜ」

するど、運転手もかすかに苦笑した。唇をゆがめて笑うその顔は、なぜか、なかなかハンサムに見えた。

「レントゲン写真なんて、いくらでも細工できるでしょう」

と彼は言ったのだ――。

山田刑事はもはや黙った。

彼はもう一度だけ相手をじっと見据え、それからそこを出て行こうとしたのだが、非常に余計なことをもう一言だけ口にしてしまった。

「きみのしたことはじつにくだらないことだったんだ」

と、彼は言ったのだ。

「人間らしい意味はなんにもない」

留置されている男は刑事を見返した。

「刑事さんにはその通りでしょう。しかし――」

「しかし？」

「兄が死んだあとの私の孤独な日々の何をあなたが知っているんです？」

「――――」

「御新婚ですって？」

まことに唐突にそう訊ねられたので、山田刑事はさすがにとまどった。が、相手は熱心に、というよりはまじめにこうつづけていた。

「じきに子供ができますよ」

「――――」

「あなたは一生、復讐などという非人間的なくだらないことにかかわり合わないでまっとうに暮らして行けますよ。愛し、裏切られ、憎み、復讐のために殺人する人間を捜査したり、逮捕したりしながらね。そういう人間を起訴し、刑を宣告し、処刑し、そういう人間を社会からとり除いたことをよろこび、手柄とする連中の一人になりながらね。どうか、健康で出世して下さい。しあわせに永生きして下さい」

「ありがとう」

山田刑事はもう一度、相手をみつめた。

「その言葉を心にとどめておくよ」

それから彼は部屋を出て、ガード係にあとを任せ、地上への階段をのろのろと登った。

すぐに上司のところへ行かなくてはならない筈だったのだが、そういう気分になっていない自分に気がついた。しかし、もう少ししたら必ず上司のところへ行き、その命令に従っている自分であることもわかっていた。

そうする前のしばしの一刻、彼は地上に出たすぐのところにあった窓から空を見上げた。事件のことを思い返してみた。

醜行の果てに射殺された演劇界のボス。同じく乱行の果てに絞殺された有閑夫人。やりたい放題のあげくに生命維持装置をわが娘の手で外されて息絶えた富豪の老人。それをやってのけた美貌の女優。おそろしい殺人女。

彼女が愛した若い夫。彼女に一生を台なしにされたと言いながら病死した夫。

彼を〝愛した〟一人の名もない男。その男に協力した権威ある医者。彼女を愛しながら報われずにいた医者。

彼らはみんな、どこか狂っているが、どこかで共通している。どこで？

そう、おそらく、〝報われぬ愛〟のためなのだと山田刑事は思った。おそらく、彼らのうちの一人として生まれながらの凶悪な人間というのはいないだろう。彼ら、彼女らはそれぞれに欠点多く、人一倍、物欲や情欲にみち、得手勝手なエゴイストであったかはしれないが、生まれながらの悪人ではなかったであろう。

育てあげた女優に裏切られて行く演出家。結婚生活が冷えきり、許されない恋愛ごっこにせめてもの生き甲斐を見出そうとする人妻。不治の病のベッドで生にしがみついている孤独な老人。

そして、それから……。

彼女をめぐる三人の男たち、彼女が殺さなかった男たちのことを山田刑事は考えた。脳外科部長と二人きりで話し合ったあのときまで、彼は彼らの心の底をすっかり理解していたわけではなかった。彼女の墜死の現場に居合わせたとき以来、おそろしい疑惑にとりつかれていただけだ。彼にはなんの物証もなかった。（もしかしたら、彼女は本当に自分で窓からとび降りたのかもしれない。彼女は最後まで運転手の〝愛〟を信じていたのだから。死にきれずに逮捕され、真相を自白させられて彼に迷惑を及ぼすのが何よりこわかったのかもしれない……）

ダーク・グレイのテイラード・スーツの衿もとに紫色の菫《すみれ》の花束を飾り、真珠の首飾りをつけ、サファイア・ミンクのストールを肩に引き寄せた女が一台のロールス＝ロイスに乗り込む姿を、彼は空のずっと向こうに見た。

女は山田刑事のほうを振り返り、やさしく微笑したらしかった。女の後頭部を彼は見まいとした。

ロールス＝ロイスを運転している男は彼のほうを振り返らなかった。彼はきっと眼を据えて前方をみつめたままだった。

それから、すべてが空のもっと向こうの雲のなかに消えた。

この小説に登場する人物・事件はすべて架空のものであることをおことわりしておきます。

作者

死だけが私の贈り物（中篇）

1

山田刑事がちょっとした外まわりの雑務を終えて署に戻ってくると、上司の部長刑事が、

「おいおい」

と手招きして、

「きみ、すぐに自宅に連絡しろ。奥さんが急病だそうだ。ついさっき、電話があった」

と言った。

新婚早々といってもいい時期にいた山田刑事はさすがにちょっと蒼《あお》くなったが、と

にかくただちに自宅に電話をかけ返し、愛妻が救急車で運ばれて行った病院の名前と住所とを留守番に来てくれていた近隣の親切な主婦から聞き出した。

「生命《いのち》にかかわるようなことはないと思いますけどね。でも、ずいぶん痛がっていたから、ひょっとしてひどい病気でないといいけど。早く行ってあげて下さいな」

と、その主婦は言った。

山田刑事は礼をのべ、上司に事情を説明して臨時私用外出の許可をもらった。「早いとこ行ってやれや、早く早く」

と、人情家肌の部長刑事はいっしょになって心配そうな顔をした。

ありとあらゆる最悪の事態を頭に思い描きながら山田刑事は帰ってきたばかりの署の入り口をとび出した。口では小さくお祈りを唱えていた。タクシーをつかまえて乗り込む彼の額には冷たい汗すらにじみ出ていた。

(ああ、神様、どうかあいつが無事でいますように。今、あいつに万一のことがあったら、おれは……おれは……)

新妻に万一のことがあったら自分はどうやってあとを追おうか、自殺にはどんな手段があっただろうかと彼が思案しているうちに、タクシーはその高名な綜合病院の車寄せにすべりこんだ。

妻を想う山田刑事の悲壮な心境は、しかし、数分後、彼女の病名は単なる急性虫様突起炎、つまりごくありふれた盲腸炎にすぎぬと判明したことにより、めでたく解消した。

ただし、盲腸炎としては症状が重い、ここは散らしたりせずに有無をいわさず除去手術が必要――と医者は山田刑事に話した。

「新婚の人にはよくある例ですよ。べつに心配は要りません。すぐ切りましょう。御主人、立ち会いますか？」

「――――」

「なあに、盲腸の手術なんて今どきタイヤのパンク直しより簡単ですから、わざわざ立ち会うこともないんですが、まあ、わざわざ駈けつけていらしたことでもあるし……」

というわけで、〝わざわざ駈けつけていらした〟心やさしき夫は妻の右腹部で炎症を起こした、小指大のけしからぬ不用の臓器を医者が切りとるところをガラス窓越しに見物させられるはめと相成った。

彼は職業柄、もっともっとすさまじい血みどろの傷口だの惨死体だのなんかを見たことがいくらもあったし、相手が凶悪犯の通り魔などであれば八ツ裂きにしてさらしものにしてやったってまだ足りないと思うようなタフな神経の持ち主である筈《はず》だったのだが、医者が妻の体内から色もかたちもたらこの一片によく似たものを、ピンセットでつまみ出したのを目撃したとたん——ふらふらと目の前が暗くなってそこに倒れてしまった。

殺人捜査課の若手刑事などよりはよほど屈強な材料でできているらしい看護婦が二人、彼を抱え上げて運び出し、手近の空き部屋の予備のベッドに寝かせた。

彼女たちは彼のネクタイをゆるめ、ちょっと手首をつまんで脈博を計ってみたり、まぶたをひっくり返してみたりしたあと、べつにどうということのないつまらぬ脳貧血とわかると、このかよわい大の男に軽蔑したような一べつを投げかけて、さっさと出て行ってしまった。看護婦たちは忙しいのである。

ベッドとも呼べない、硬い黒革張りの愛想のない寝台——それはそこにたまたま置いておかれてあった診察用の寝台らしかった——の上にあおむけになって、山田刑事はそろそろと眼を開けた。

意識を完全に失っていたのはほんの一、二分のことであって、彼は自分が受けた非情きわまる処置、とりわけ彼をここに運び込んだ看護婦たちの交した冷酷にして真実そのものの会話のはしばしを初めはおぼろげに、次にはほとんど明瞭に記憶していたのである。

それらは、この若い刑事、仕事熱心で自負心と責任感にあふれた優秀な幹部候補の刑事の心をめいらせるに充分なものだったのだ……。

「何よ、この人、でっかい図体してだらしのないったら」

「奥さんの手術見て気絶しちゃうなんて、でもかわいいじゃない？　愛妻家なのよ」

「新婚ほやほやなんだってね」

「さっき、血相変えて駈けつけてきたときなんか、まるで奥さんが癌の宣告でも受けたみたいな顔してたわ」

「そりゃ、まあ、気持はわかるけれど、この人、職業は刑事なんだって」

「へえ、刑事！　それにしちゃ頼りない男だわね」

「死体を見るたびに貧血起こしてるのかしらね。この頃の男の子は本当にモヤシっ子だよ」

云々。

（――――）

彼としては一言もなかった。

その辺の赤の他人が死んだり怪我したりしているのを見るのと、家族、それも結婚したての妻が手術を受けるのを見るのとではいかに鬼刑事だろうがまったく次元がちがうのだということをあの鬼看護婦どもに説明してやることも考えないではなかったが、ここを起き出してのこのこ廊下を歩いて病院じゅうをあの二人を探しまわって、その上でそれをしゃべって聞かせるというのはこれまた、いかにもシマラナイことのように思われた。第一、運ばれてくるあいだ、彼の眼はじっとつぶられっ放しだったので、あの看護婦たちがどの二人だったのか、皆目わからないのである。

（やれやれ……）

山田刑事はあきらめ、ベッドの上でうーんと一つ、伸びをすると、あらためて天井を見あげた。気分はべつに悪くはなかったが、たとえほんの一、二分にもせよ失神していたことはたしかなのであるから、少しは眼の前がまだちらちらした。それに、このところ、仕事に追われて睡眠不足気味でもあった。

（これは神がおれに賜わった臨時の休息時間なのかもしれないぞ）

そんなことを考えながら、つくづくとあたりを見まわす。

何に使われている部屋なのかはわからないが、人の出入りの激しい綜合病院の一角にあってここだけぽつんと孤立したような、がらんとした一室だった。予備の器具だの薬品だのが置いてある部屋なのかもしれない。壁ぎわには戸棚が並び、車付き寝台や車椅子の古くなったのなども一隅に押しつけてある。どうやら、看護婦たちは彼のこともそれらの不用品と同じ程度の存在とみなして、ここにほうりこんで行ったらしい。

反対側の壁は壁ではなく、アコーディオン・ドアが仕切りの役目を果たしている。アコーディオン・ドアの上部から隣の部屋の天井が覗いている。この部屋は必要に応じて仕切りをとり払い、隣室と一つづきにして使用するようになっているのかもしれないと彼は思った。

さて、妻の手術はどうなっただろう？　盲腸の手術なんて今どきタイヤのパンク直しよりも簡単だというようなことを医者は言っていたが、まあ、無事にすんだであろう。そろそろ起き上がって廊下へ出て、妻のいる病室はどこかと訊《たず》ねてでもみようか。大の男がいつまでもこんなところで伸びているのは、たしかにあまり恰好《かっこう》のいい話ではない――。

山田刑事が身を起こそうとしたちょうどそのときだった。

隣室のドアが開いて、誰かが入って来たらしい気配がした。それも一人ではないようだ。コツコツと軽い足音、そしてもう一つのやや重たい足音。

ドアがきちっと閉められた様子である。そして、女の声が聞こえてきた。思いつめたような、激しい、だが低く抑えた声だった。抑えなければいくらでも激しくうわずって行ってしまいそうなので無理にそうやって抑えつけているのだというような声だった。

「先生、はっきりおっしゃって下さい。わたし、大丈夫です。最悪の御返事を聞かされても、取り乱したりはしません。気を失ったりなどもしません。大丈夫ですから、どうか本当のことを教えて下さい」

「――――」

「お願いしますわ、先生。わたし、駄々をこねているわけではないんです。どうしても――どうしても本当の病名が知りたいんです。それを教えて頂く必要があるんです」

「しかし……」

かすれたような男の声がためらいがちに答えた。いや答えたのではなかった。答を拒否したのだった。

「しかし、まだ何もはっきりしたことがわかったわけではないし、今、そんなふうに言われても、どうも……」

「いいえ、そんな筈はありませんわ、先生」

女の声はかさにかかって行った。

「初めておそるおそるここにうかがった日から、もうあんなに何度も何度もいろいろな検査をして下さったじゃありませんか。あれの結果がまだはっきりしないなんて、そんな筈はありません！」

「いや、あのなかには結果が出るまでに相当の時間を必要とするものもありましたからね。あなたのようにそう焦られても、ぼくとしては……」

「いいえ、嘘です。先生は嘘をついていらっしゃるんです！」

ついに、女は声を抑えるのをやめた。彼女の声は涙と怒りと絶望の混じり合った悲痛な、皮肉な調子のものへと変わってしまった。

「先生はわたしの気持をいたわってそうしていらっしゃるんでしょう？　それはわたしにもわかりますわ。でも、先生、わたしは、ほかの人たちとはちがうんです。本当の病名を教えられて正気を失ってしまうような、そんなやわな人間ではないんです。そして、先生、万一――万一、わたしが本当に不治の病気にかかっているのだったら、わたし、ぐずぐずしているひまはないんです。わたし、することがあるんです。どうしてもしなければならないことが」

「どうしてもしなければならないこと？　それはどういうことです？」

「ふふ」

急に、静かな低い笑い声。女はそこだけ静かに、ひっそりと含み笑いをしたのだ。が、おそらく、眼には涙がいっぱいたまっているにちがいなかった。

——仕切りのこちら側で、山田刑事はじっと息をひそめた。まったくの行きがかりでこんな状況になってしまったのだから仕方がない。隣の部屋に入ってきた男女は(どう考えたって女患者と主治医だ)彼がアコーディオン・ドアの向こう側で寝かされていることなど夢にも知らずにしゃべり合っているのだ。それも、単なる世間ばなしや事務的な会話ではない。たいそう重大な、たいそう深刻な話、おそらく、一人の人間の生と死にかかわる話を。

簡易ベッドの上で、山田刑事はひっそりと身体《からだ》を硬くした。ことりとも動こうとはしなかった。

盗み聞きの意志は彼自身にはないとしても、今ここでベッドを降りて部屋を出て行こうとすれば、どんなにひそやかに動いたところで隣の部屋の人物たちに聞きつけられずにやることは至難であろう。

それより、今の彼のなすべき一つのことは、彼がここにいて彼らの話を聞いてしまっていることをどんなことがあっても彼らには絶対に知らせずにすませることだ。そう、それがせめてもの心やりというものだ……。

　くしゃみなんかが出ませんようにと彼は祈った。咳《せき》だのくしゃみなんかが絶対に出ませんように。今日はいろいろと彼は神に祈る日だったが、こんなお祈りまでするとは夢にも思わなかった。まだ春寒の今日この頃、シャツを一枚余分に着こんで来ていて助かったと彼は心で呟《つぶや》いた。誰もいない、がらんとしたこの部屋は、決して、非常にあたたかい空間とは言えなかったのである。

　隣の部屋の会話はまだつづいていた。たいそう深刻な、たいそう悲痛な会話。盲腸炎どころの話じゃない、気の狂うようなせっぱつまった立場に立たされた一人の女が、なんとかして冷静を保とうと自分で自分を励ましながら交している会話。おそろしいほどけなげで、気丈な会話。（それにくらべて、自分はなんとだらしのない男だったのであろうと山田刑事はあらためて痛感した。自分の失神騒ぎの話は永久に極秘事項としなくてはいかんと彼は自分に言い聞かせた。とくに、署の上司や同僚の刑事たちの耳には死んでも入らないようにしなくては、と）

「ふふ」

　女がもう一度、低く笑った。

「先生がわたしの知りたいことを教えて下さらないんですもの、わたしも先生の知りたいことは教えて上げませんわ」

「――――」

「ね、先生？」

「うん」

「わたし、患者として先生にお願いしてるんではないんですのよ」

「――――」

「女と男として、お願いしているんですのよ」

「――――」

「でも、ああ、古い古い昔の話ですわね、わたしたちが女と男になれたかもしれぬときがあったのはね」

「そう、古い古い昔の話だ」

男の声はさっきよりもいっそうかすれて、しわがれて、咽喉の奥の深い深いところから苦労してようやくしぼり出されてくるような感じのものになった。まるで、彼のほうが病人であるかのような声だった。

きっと二人はここで一瞬、じっとみつめ合っているんだろうと山田刑事は思った。映画かテレビ・ドラマの一こまのように。このときだけ、アコーディオン・ドアの存在を彼は心から残念に思った。

　しかし、安手な恋愛ドラマの一シーンとはちがって、現実はスピーディーに展開する。女はすぐに気を取り直したようだった。大体がメロドラマの主役よりはもう少してきぱきした筋書の主役に似つかわしい女なのだ。次に口をひらいたとき、彼女の声はありとあらゆる安っぽい感傷と甘ったれを振り捨てていた。

「わかったわ」

　と、彼女は言ったのだ。きっぱりと、もたげた頭の角度まで察しとれるような口調だった。

「わかりましたわ。もう、先生にはお頼みしません」

「よその病院へ行くという意味ですか？」

「いいえ、この期《ご》になってそんなじたばたした真似はしませんわ。わたしは先生を信じていますもの。だから――」

「だから？」

「だから、もういいの。わたし、わかったの。なぜ先生が何も教えて下さらないのかっていうことの答えが。それだけでわたしにはもう充分なんです」

「――」

「それじゃ、先生、今日はこれで帰ります。入院するにしても、わたし、すぐにはできません。することがたくさんありますから。わたし、ぐずぐずしていられませんわ。もうあとどのくらい生きていられるか、わからないんですものね」

「き、きみ、早まった考えをしてはいけないよ。ぼくはまだ何も具体的なことは――」

「いいの、いいの、水かけ問答はもう結構。わたしはわたしのするべきこと、したいことに早速とりかかりますわ」

「――――」

「ね、先生、人間てもうじき死ぬって決まったら、こわいものはなくなりますのよ、そうじゃありません？」

「し、しかし……」

「じゃ、またね、先生。どうもありがとうございました」

女はくるりとうしろを振り向いたのだろう。コツコツと軽い靴の音が仕切りのこちら側で息をひそめている山田刑事の耳に聞こえてきた。

ドアの開く音。閉まる音。

そして、それから男の声が、

「あ、きみ、ちょっと待って！」

とうめくように言って、やや重い足音がそれもさっきよりさらに重く部屋から出て行った。おそらく、女が立ち去るのをしばし凍りついたように見送っていた男がはっと気がついて、あわててあとを追って行ったのだろう。ドアがばたんと閉まった。

自分もとび起き、ドアにとびついて廊下を覗きたいという思いを山田刑事は必死にこらえた。そうしたいのは山々だったが、何かの拍子で二人がうしろを振り返らないとも限らない。そうしたら、彼の存在がいっぺんにばれてしまう。

ややあって、彼らが立ち去ってしまうだけの時間を充分において、山田刑事はドアを開けて、自分がほうりこまれていたその部屋を出た。廊下の左右を見渡したが、もちろん、その頃にはそれらしき男女の姿はどこにもなかった。看護婦が二、三人、向こうを通って行っただけだった。

あの女はどんな女だったのか、姿を一目見たかったという思いは変わらなかったが、しかし、それを見たところでどうだというのだろうと彼は思い直した。

それよりも、何か非常に厳粛な人間ドラマの一こまにはからずも立ち会ってしまったという気持が強かった。聞いてはならないものを彼は聞いてしまったのだ。これ以上、姿まで見てはいかにも申訳ないという気持だった。

彼はネクタイを締め直し、上衣のボタンをはめ直すと、病院の廊下を歩き出した。まず何よりも、妻の様子をたしかめなくてはならない。妻を手術した医者はどこにいるのだろう？　付き添っていた看護婦たちは？

〝足の捜査〟を得意としている筈の刑事としてはまたまたまことにどじなことに、彼は廊下を幾曲りかさまよったあげく、病院の一方の出入り口のあたりへと出てしまった。

妻の症状もたしかめずにさっさと帰ってしまうつもりは毛頭なかったので、あわてて踵《きびす》を返すと彼はふたたび病院のなかへと引き返そうとした。

そのときだった。

女の姿が眼に映った。

その女は病院の裏手の車寄せに一人で立っていた。まわりに人がいないではなかったのに、山田刑事にはなぜかその女の姿だけがくっきりと印象づけられたのだ。

女は男物のような細い白い立て縞《じま》の入ったダーク・グレーのスーツを着ていた。かっちりとした男仕立て《テイラード》のスーツだった。だから、山田刑事のように女性の服装の名称にうとい人間にも、はっきりと印象づけられたらしい。

地味な、どちらかといえば暗い感じのその服の衿《えり》もとに、一束の紫色の菫《すみれ》が飾られていた。頸《くび》には一巻きの真珠のネックレス。銀灰色にきらめくミンクのストールがほっそりした肩をふわりとおおっていた。黒い手袋、ダーク・グレイの薄手のストッキングに包まれた、かたちのいい脚、華奢《きゃしゃ》な黒いハイ・ヒールの靴。

思わずじっと見とれた彼の視線に気づいたかのように、女は振り返った。顔は暗いスモーク・グレイの大型のサングラスが隠していた。白い、かっきりとしたおとがいの線だけが浮き出していた。女のほうからは、山田刑事——馬鹿みたいにそこに突っ立ってぽかんと見とれているどこかの若い男の顔はよく見てとれたにちがいない。

一台の乗用車が音もなく車寄せにすべり込んできた。彼が警視総監になっても乗れないと思われるような、華麗なシルヴァー・グレイのロールス＝ロイスだった。

運転手が降り立ち、ドアを開け、女がしとやかに乗り込んで、車が走り去るのを彼は依然としてぼんやりと眺めていた。たいそう永い時間のようにも思われ、また、ほんのまばたき一つするあいだの出来事のようにも思われた。

ともあれ、その女を乗せてロールス＝ロイスは病院の裏門を静かに走り出て行った。すでに夕闇が忍び寄っており、西の空はにぶい青い光をたたえていた。夕焼けではなかった。夕冷えとでも呼びたい、ひややかな、蒼ざめた空だった。その夕闇のなかへと、銀色の車は音もなく消えて行った。何かたいそう不吉なるものの使者のように。

山田刑事はわれに返った。病院のなかへと引き返して行った。

2

女は運転席にいる男にそっと話しかけた。男は何を話しかけられても誠実な口調で答え、何を答えながらも確実な技術で運転をつづけて行った。ロールス＝ロイスは夕方の街をなめらかに走りつづけた。

「あのね、やっぱり思った通りだったわ……」

「そうでしたか、奥様」

「でも、悲しまないでね。何もかもが運命なんですもの」

「あなたはお強いですね、奥様」

「だからこそ今日までやって来ることができたんだわ。けれど、病気には勝てない、どうあがいても勝てない」

「――――」

「泣き沈んでいる場合ではないということは、おまえもわかってくれるでしょう？　そうと決まったら、わたしにはやることが少々残っているのよ」

「お手伝いできることがありましたら、何なりとお申し付け下さい」

「ありがとう。そうなると、さし当ってはね……」

しばらく女は考えこみ、流れ去る窓外の街の風景を眺めるともなく眺めやった。暗いサングラスの下の白い顔が窓ガラスに映ると、ほんの少し死神に似ていた。菫の花と真珠とミンクの毛皮に飾られた、優雅な死神。

「さし当ってはね、この車を手放すことだわ」

「――――」

「つまり、おまえとももうお別れという意味になるわね」

「そうなるようですね、奥様」

「おまえにもこの車にも思い出がたくさんあるのにね。華やかな思い出、わたしの全盛時代の思い出が」

「それは私も同じくでございます」

「でも、もはやこれを乗りまわしてはいられない。また、そうする必要もなくなったわ。もう一仕事――最後の二つ三つの仕事をすませたら、わたしは自分が死ぬ準備をしなくてはならないもの。おまえ、すまないけれど、この車を処分して、そのなかから退職手当をとっておくれでないか？」

「ありがとうございます、奥様」

赤信号で車はしばらく停止していた。が、ふたたび、なめらかに走り出した。二人のあいだに交されている会話のようになめらかだった。

「奥様」

今度は運転手のほうから話しかけた。

「今おっしゃいました一仕事――最後の二つ三つの仕事というのは、どうあってもおやりになるつもりでいらっしゃいますか？」

「――――」

「もし、できることなら、おとどまり下さるわけにはいかないでしょうか？」

「――――」

ずいぶん永いあいだ、女は黙ってうつ向いていた。そうやって考え込んでいた。が、やがて、きっぱりと顔を上げた。

「いいえ。おまえには申訳ないけれど、やめるわけにはいかないわ。もし、やめたら……」

「もし、おやめになったら？」

「わたしはおそらく――」

（後悔したまま死ななくてはならないだろうからね）

という言葉を女の唇は嚥《の》みこんでしまった。女はそれ以上は何もしゃべらず、街の灯《あか》りをみつめていた。

「そうですか、それならば……」

（私はできる限りお手伝いを致します）

という言葉を運転手も嚥みこんでしまったらしかった。彼はただ、さっきからと同じように静かに、誠実に、確実に車を連転しているだけだった。

もうしばらく経《た》ってから、連転手がふたたび口を開いた。

「奥様」

「なあに？」

「これからどちらへ？」

「ああ、そうだったわね」

女はサングラスの下でかすかに微笑した。今までの氷のような表情とはちがう、やさしい微笑がレンズの下に一瞬、浮かんで消えた。

「ごめんなさいね、わたし、行先も言わずに走らせていたのね」

「ちっともかまいません。今までにもこうして奥様をお乗せして行先もうかがわずにあちらこちら走りまわったことは何度もありました」

「そうだったわね」

女の眼はレンズの蔭で夢みるような瞳になった。

「わたしが新しい脚本をもらって役づくりにわれを忘れているとき、台詞《せりふ》をおぼえるのに夢中になっていたとき、よくこうしておまえに車をあてもなく走らせてもらったものだったっけね。あれはまだ、あのひとが生きていて、わたしが家にいて夫婦で同じ俳優業をやっていたのではたがいに迷惑だといって喧嘩ばかりしていた頃だった。つらい、でも楽しい、張り合いのある頃だった……」

運転手は何も答えなかった。彼はじっと前方を見据えてハンドルを握り、アクセルを踏んでいた。

「そうだ、まず、第一番目の行先を決めなくちゃならない。でも、その前にわたしはこの車を降りてタクシーに乗り換えるよ。こんな目立つ車で乗りつけては、どんな完全犯罪もたちまち露見してしまうからねえ。それから……」

と、一息ついて、いっそうやさしい口調で、

「ね、おまえ」

「はい」

「どうしてもおまえの力を借りなくてはならないことが少しあるのよ。協力してくれるでしょう？」

「――――」

「ね？　くれるでしょう？」

「奥様がどうしてもとおっしゃるのであれば」

バック・ミラーのなかでサングラスの下の顔が美しくほころぶのを運転手はたしかに見てとった。

もう一言、彼は言いたそうだったが、しかし、言わなかった。彼はそのまま、ハンドルを握りつづけた。

3

高名なる劇作家にして演出家、脚色家、そしてそれらの肩書にもまして漁色家なる名をほしいままにしていることによってその道の消息通にはアメリカの握り鮨《ずし》ほどによく知られている深瀧則臣《みたきのりおみ》は、その夜ふけ、なかなか上機嫌だった。

山の手の閑静な住宅地のそのまた外れの一角を占めた広い邸《やしき》。そこの客間につづく居間にくつろいだ彼は気に入りのイギリス製の柔らかい茶色ウールのナイトガウン姿で、傍《そば》には同じく気に入りのブランデーの瓶とグラス、そして手には前記のどれよりも気に入っている狩猟用レミントン銃を一挺、抱きしめるようにしてソファに身を沈めていた。

ステレオのスピーカーからは彼の趣味のよさだか悪さだかを思わせるに足るベートーヴェンだかブラームスだかの交響曲が低く流れていたが、こちらのほうは彼はそれほどに関心は払っていないようだった。

彼はソファにゆったりと身を休め、ナイトガウンの着心地を楽しみ、ブランデーをちびちびと味わい、銃の握り工合いをいとおしむように撫《な》でさする。

そうは言っても、べつだん銃の手入れをしているわけではなかった。彼はただ、ある人物を待っているあいだの、正直言ってわくわくするおちつかない一刻を愛用の銃を握りしめたり撫でさすったりすることによってようやくまぎらせていたのだった。

夫人と子供たちはその日の午後から別荘へ出かけていた。じつは彼が追い立てるようにして出かけさせたのだ。夫人も子供たちも日頃から何不自由ない生活を彼によって保証されているだけに、彼の命令には絶対服従を守っていた。

使用人たちには一晩の休暇をとらせた。酒肴《しゅこう》の用意だけととのえたあとは明日の午後まで帰るなと、これまた、絶対君主に似た態度で彼は命令したのだ。

それもこれも、昨夜おそくかかったあの女からの電話のせいだった。

あの女！　深瀧が忘れようとしても忘れることのできないあの美人女優！　かつての美人女優！

彼がその他大勢のなかから発見して育てて一躍有名にしてやった女だった。個性を生かした脚本を次々と書いて与え、大役を振り、批評家の尻を叩いて御用批評を書かせ、あっという間にあんなにもみごとな女王的存在に仕立ててあげてやった女だった。

というといかにも聞こえはいいのだが、実際には彼女は彼の妾《めかけ》も同然だったのだ。彼は半ば暴力づくで彼女を自分のものにし、その後も精神的暴力づくとでもいうべき状態で彼女に臨んでいたのだった——。

（が、あの女だっていやならいやと言えた筈じゃないか。あの女は結局、おれが好きだったんだ。ああしてつかんだ名声が気に入っていたんだ）

しかし、同時に深瀧はそのあとの彼女を苦い気持で思い浮かべてもいた。充分に地位を固め、彼の庇護に対する恩返しもすんだと思われた頃、あの女は突然、恋人の存在を宣言し、堂々と結婚してのけたのだった。相手は彼女よりは後輩の、だが、豊かな才能を保証されていた中堅どころの俳優だった。

もはや深瀧にも彼女の人生を邪魔する権利はなくなっていた。彼女は立派に彼の貸しを返したのであってみれば、深瀧もまた、それ以後の彼女に対して〝よき友人〟として以外のどんな関係をも強制できない筈だった。

公《おおや》けに何一つ、彼女を傷つけることができないと悟った時点から、深瀧の心には陰湿な嫉妬と憎悪がくすぶりはじめた。言葉をつくして彼女の新生活を祝福する一方で、彼は彼女の夫となった俳優に手きびしいあてこすりを試みた。

『どうあがいても、とどのつまりは奥さんのほうが役者が上だね』

というのがその定まり文句になっていたのだった。

それでも足りず、次には彼女そのひとまで露骨にけなしはじめた。内心では、よき伴侶を得ていちだんと容姿にも演技にも磨きのかかってきた彼女の価値をいまいましくも認めざるをえないでいたくせに、それを承知で正反対のことを口に上らせる彼の表現は、いきおい、すさまじい毒舌のかたちを借りたのである。

『土台、たいした女優ではなかったんだな。付け焼刃もいいところだったたんだ。古典劇の真の教養もないのを忘れて、ただもう気取ったポーズを取りたがる。あの女の演じる娼婦はバビロンの妖術使いのようだし、人妻役はどれもみなテネシー・ウイリアムスの戯曲のなかのきちがいと同じパターンだ。リアリズム演劇の冒瀆《ぼうとく》としか言えんよ』

深瀧則臣ほどの権威を持つ人物の発言なので、自分自身の眼力を具《そな》えていない連中がこぞって彼の意見に雷同した。女優として最高の栄誉である○○賞の有力候補に挙げられたときの彼女に向けられた見当違いの批評の大半はこうした原因によるものだった。しかし、世間はそのことを知らなかった――。

深瀧の呪詛《じゅそ》が効力を発揮したのか、あるいは単に宿命のなせるわざであったのかは知らぬが、そのあと急激に彼女の運勢は衰えて行った。あんなにも愛し合って結ばれた夫との仲は冷え、やがて離婚となり、夫はほどなく芸能界を引退してしまった。

あの女はほとんど仕事をしなくなった。深瀧が蔭で糸を引いてすべてを妨害していると信じたらしいという噂が風のように伝わってきたりした。

そして、それから、彼女が何かよくない病気にとりつかれたらしいという噂も、やはり、風のように……。

それらは深瀧則臣の耳をくすぐる、柔毛《にこげ》のようにこころよい、甘い風の響きだったのである。

（可哀想に。少しは思い知ったにちがいない――）

彼が勝ち誇ったように、だが一抹《いちまつ》のうしろめたさをこめてそう考えたのは、ほんの数日前だった。

それがつい昨夜、突然、あの女から電話がかかって来たのだ。深瀧とわずかな内輪の人間しか知っていない専用の番号にかかって来た。

『今さら会えた義理ではないけれど、どうしても会いたい。いろいろと不運につきまとわれて身も心も萎《な》えてしまった。もう一度だけ会って、話を聞いてもらいたい』

そういう意味の言葉を綿々とあの特徴のある低い抑えた声が電話線のかなたから語りかけて来たとき、深瀧はほとんど彼女を許していた。いや、ほとんど彼女を恋しがっている自分を発見したのだった。

あの誇り高かった女がふたたび彼の前に跪《ひざまず》くことを空想すると、だが彼の心はすぐさま躍り出した。彼はたちまち、本来の傲岸な漁色家の性癖をとり戻した。彼女を許すのでも愛すのでもなく、もう一度玩《もてあそ》べると空想することが彼を有頂点にさせた――。

ためらわず、彼女の頼みを聞き入れた。今夜十時、邸をおとずれたいという頼み、だが彼一人きりでなくては困る、行きにくいという頼み、考えようによっては虫のよすぎる頼みを快諾した。むろん、下心があったからである。

だから、今、こうして深瀧は広い邸内にたった一人で、期待に胸ときめかせて待っている。ブランデーの芳香のただようその部屋の灯は淡い金色にしぼられて、しどけないまでの薔薇色の暈《かさ》すら宿している。レミントン銃の銃身の鋼鉄は、やがて猛りたつであろう彼の一物を暗示するかのように冷たく、しかも熱く、彼のてのひらを刺激している。ステレオに青くさい若者好みのムード音楽などかけずにいるところだけはさすがに年の功だ……。

彼女は十時きっかりに現れた。まるで影のように。鍵を開けておいた玄関の扉を通り抜け、まっすぐに居間兼客間へとやってきて、無言のまま、戸口に立った。

彼女の装いがあまりしどけなくないのが彼には不満だった。もっと色っぽい柔らかいものを着てくると思っていたのだ。細い白い立て縞のダーク・グレイの男仕立てのスーツなんか着込んでくるなんて！　アクセサリイは真珠と菫の花束か。古めかしい好みだ。まるきり一九四〇年代の令夫人の外出着だ。ミンクのストールには見おぼえがあるとおもった。が、よく見直すと、彼が買い与えた品とはちがっていた。

それでもなおかつ、彼女はすばらしいと彼は思った。ベッドのなかではどんなだろう！

どんなにか熟れただろう！

「お入り」

と、彼は言った。

「が、まず、サングラスをお外し。せっかくのきれいな顔をなぜ隠す?」

「その前に、あなたもその銃をテーブルの上に置いて」

と、女は言った。あの声で。

「こわいわ、それ」

「ごめん、ごめん」

深瀧は苦笑して彼女の言った通りにした。何たることだ、彼のほうが昂奮《こうふん》していたとは。

そして、女はひっそりと部屋のなかに入ってきた。


翌日昼すぎ、出勤してきた家政婦の一人が深瀧則臣の死体を発見した。

死体は居間につづく客間のソファの上に愛用のナイトガウン姿で崩折れていた。眉間に黒々と丸い弾丸の貫通孔がうがたれ、至近距離から発射されたと見えて火薬がその周辺に名残りを染めていた。

故人が愛蔵していたレミントン銃は客間のコーヒー・テーブルの上に何事もなく置かれていた。そうした火器のたぐいを合法的に蒐集《しゅうしゅう》・保存するのをことのほか愛していた故人であるので、その件に関しては警察は手落ちなく処理した筈だった。しかし——。

「菫の花が落ちていたんですよ」

と、現場検証などがあらかた終了したあとで捜査員の一人がなにげなく洩《も》らしたのだった。

「造花の菫の花がほんの一本、あそこの部屋の絨毯《じゅうたん》の上にね」

そのときは山田刑事は何も思い出さなかった。

4

「あのね、わたしね……」

夜の街を走るロールス＝ロイスならぬ小型車のなかで、女はやはりひっそりと静かな声で運転手に話しかけた。

「一応はうまくやったようよ」

「それはよろしゅうございました、奥様」

運転手もやはり、ひっそりと静かな声で答えた。

「本当に、おまえのおかげなのよ」

「――――」

「考えてもごらん、わたし一人ではとてもあんなことはできやしない。大体、あの拳銃の改造からしてわたしにはできはしない。おまえのおかげだよ」

「こんなことで奥様のお力になれるとはついぞ思いもよりませんでした」

「後悔しているの？」

「――――」

答える声が聞こえてくる前に、ほんの何秒間かだけ沈黙があった。そして、それから、今までにもましてきっぱりとした声が聞こえてきた。

「いいえ、少しも」

「そう？」

女はやさしく微笑した。

どんなにやさしくほほえんでもまだやさしくし足りないのだとでもいうような微笑だった。

そうしながら、彼女はそっと衿元のあたりをまさぐった。無意識にそうしてしまうらしかった。彼女だって決して冷静そのものというわけではないのだった。おお、誰がこんなときに冷静そのものでなんかいられるものか！

しなやかな鹿革の手袋をはめた彼女の細い指先は、しょっちゅう衿元をまさぐっていた。その頸の真珠のチョーカーを、その肩にすべらせたミンクのストールをまさぐっていた。

「ねえ、おまえ」

ややあって、彼女がまた話しかけた。

「はい、奥様」

「この次も協力してくれるだろうねえ？」

「――――」

「あまり図に乗ってはいけないということはわたしだってようく承知しているのよ。こんなことは天も人も許してくれる筈がないということはようくね」

「――――」

「でも、わたし、やらなくてはいられないの。わたしにはもう、これしか生き甲斐がなくなったんですもの」

「それは私のほうこそようく承知しております」

「だったら――だったら――協力してくれるね？　もう一度」

「はい、よろこんで、奥様」

5

有名でもなんでもないただの人妻にして無駄めし食い、しかしながら虚栄心と色気と有名人志向だけは常人の一千倍ほど備えている山関《やまぜき》せい子は、その宵の口、なかなか上機嫌だった。

都心をやや離れた、しかし、この大都会の夜の宝石細工のような景観を充分に楽しむことのできるあたりにそそり立っている超高層ホテルの最上階に近い客室の一つに彼女はいた。

そこのまだカヴァーをはがしていないツイン・ベッドのほうをときおりちらりちらりと盗み見ながら、せい子は窓際の椅子に腰を下ろしてうっとりとウイスキーの水割りのグラスを口に運んでいる。これからここで展開されるスリルにみちた恋の冒険《アヴァンチュール》への期待で、せい子の頬はともすればだらしなくゆるみかけてくる。

そうでなくても、もはや相応に贅肉《ぜいにく》がつき、ゆるみかけている頬やおとがい、とりわけ眼にはこの種の中年女特有のぼけたような表情しかただよっていないのだが、金だけはかけるだけかけた華やかなオレンジ・レッド系統のシルクのドレスに包んだ肢体は手入れのよさもあってちょっと見にはすばらしいと映るだろう。

とにかく、せい子当人としては大得意の心境なのである。

人生のたいていの局面において大得意になることしか知らない女なので、これも当然と言えるのだ。しかし、この夜はその性癖がふだんに輪をかけていっそう発揮されているようだった。

うっとりと、だが、さすがに少しはそわそわとした手つきでグラスを口に持って行き、煙草《たばこ》を一吸いしてはもみ消し、また新しいのに火をつけ、ドレスのスカートの工合いを直し、窓ガラスの向こうの夜景に見入り（そういうポーズをとると、自分がいかにもロマンスの、豪奢なロマンスの女主人公になったような気がすると彼女は思いこんでいるのである）、次にはハンドバッグからとり出したコンパクトを覗《のぞ》いて口紅やアイラインの様子をたしかめ、コンパクトをしまい、髪にかるく手をあて……ああ、もう、よそう。

この女の動作のいちいちを記述してみたとて、チンパンジーの生活記録をつづるのとそれほど差のある文章になるわけでもないのだ。

とにかく、せい子はうっとりと待っていた。得意の絶頂にいながら待っていた。

誰を――？

それもこれも、昨夜おそく彼女の自宅にかかって来たある電話のせいだった。それはせい子が忘れかけていた、が、決して忘れ切ってしまうことのできずにいたある声によく似た声で昨夜おそくかかって来たのである。

もともとの声の主がかけて来る筈は絶対になかった。その男はすでにこの世の人ではなくなっている。いや、彼が生きていた頃でさえ、彼のほうからせい子に電話をかけて来ることはめったになかった。いつだってせい子のほうが彼の番号を廻し、ひそやかに、そして強引に誘い出したものだ。

傍で彼の妻がどんなに気をもみ、心を悩ませているだろうと想像すると、それだけでもってもう、せい子の心はときめいたのだった。若手――というより、すでに中堅の美貌の俳優として名を出しつつあったその男と相思相愛を伝えられている妻を思いきり悩ませ、いたぶってやること、それがせい子の生き甲斐だった。せい子という女はその程度の動物なのである。

男と知り合ったのは、ごく浮わついたきっかけからだった。男の同業者で少し先輩、もしくはちょうど同じくらいのランクの売り出しの俳優の一人二人がせい子と旧知の間柄だった。有名人なら誰でもいいというせい子の志向が彼らの浮気ごころにうまく合致していた。そのどの男とも彼女はベッドをともにしていたのだが、さらに次の的に心を燃やしたわけだ。たしかに、どの男たちに対してよりも激しい燃やしかただった。

彼の妻が――せい子には逆立ちしてもなれぬ才能あるその女優が仕事の忙しさのために、家庭をかえりみぬときもあるということがいささかオーヴァー気味に耳に入ってきたとき、せい子は鬼の首でもとったような気分になって前後の見さかいもなく受話器を取り上げ、面識もないその女優を呼び出すと思いきり罵倒したのだった。

「まあ、何とひどい奥さんでしょう！　奥さんの資格なんかないじゃありませんか！　女はね、男の人といっしょになって仕事なんかするものではございませんのよ、女は家庭を守るものでございますよ、それができないのでは奥さんになる資格はありませんー！」

「――――」

「お可哀想にね、あなたもあなたの旦那様も、本当にお可哀想にね」

なおも何やらはしたなく罵倒しつづけたあげく、せい子は意気揚々と電話を切ったのだった。線の向こうで驚きのあまりか、反論の声も出ずにいた女優の息づかいをおぼえている。せい子はこころよかった。どんな男とのセックスよりも快感があった

——。


じつのところ、彼との恋愛よりもずっとずっと……。

そして、そのあと、劇壇を去った男とはせい子は会うこともなくなり、やがて男は、病死した。せい子は葬式にも行かなかった。

それが昨夜、何と思いがけないことに男の弟と名乗る人物から電話がかかって来たのである。

「——兄はあなたにとても会いたがっていました。預っている形見の品もありますし、ぜひ明日の晩にでも……」

声はさすがによく似ていた。何より、しゃべるときの息のつぎかたや抑揚が生き写しと言ってもいいくらいなのだった。

せい子の心にまたあの焔めいたものが燃え上がってきた。大体、男当人に対する純粋な恋よりも火遊びの面白さにより強く溺れるのを好む女なのである。高層ホテル、夜のデート、ツイン・ベッド、白々明けの前にそっとそこを抜け出してわが家へ帰るときのものうい充足感……。

あれをもう一度味わえるのなら！　せい子は申し出を快諾したのだ。

だから、こうして彼女は待っている。あの男との密会がまたよみがえってきたようなスリルであり、悦楽である。男にもう一度会いたいとは思わない。死んでしまった人間には未練はない。

それより、彼の弟である。まったく思いがけなく先方から近づいてきてくれた恋の相手。弟であれば、ルックスもまんざらではなかろう。年齢もせい子より若いにちがいなかった。

せい子は時計を見た。

約束の時刻午後十時六分過ぎ。

ドアのチャイムが鳴った。せい子は立ち上がり、ドア越しに警戒するようにささやいた。

「どなた？」

「ぼくです――です」

まちがいのないあの声が聞こえて来た。

せい子はほほえみ、ドアを開けた。

「ああ、あなた……あ！」

しかし、入って来たのは女だった。黒いサングラスをかけ、ダーク・グレイに白の立て縞のテイラード・スーツ。ミンクのストールを肩から羽織っていた。

それらのことをせい子が見てとったのはもう少しあとだった。その瞬間は女が手袋をはめた手にかまえた小型の拳銃がやけにはっきり、大きく、せい子の眼に映った。

「だ、誰――」

「騒がないで」

サングラスの女はぴしゃりと言い、その口調よりもさらにきっぱりとうしろ手にドアを閉めた。

「騒がないで」

もう一度、女は言い、静かにせい子のほうへ近づいてきた。

翌日昼近く、チェック・アウトの様子のないツイン・ルームの客の態度を不審に思ったホテルの係員が定石通りに部屋を調べ、山関せい子の死体を発見した。

死体はツイン・ベッドの一つの足もとにヴァーミリオン・レッドのドレス姿であお向けに倒れていた。眉間に黒々と丸い弾丸の貫通孔がうがたれ――ていたのではなく、首に何かをきっちりと巻きつけて絞めつけた痕が残っていた。そのほんの数日前に起こった悪名高い演劇界の〝漁色家〟殺人事件の場合とそれほど似ているわけではなかった。

凶行は前夜の真夜中前後と推定される。叫び声などを聞いた者はなかった。高級ホテルのなかでもさらに高級な部類の客室なので壁の造りは厚く、内部の物音は充分にシャットアウトされているのだ。

被害者の身許が割れるまでには、ある程度の時間を要した。被害者は実名や実住所を使ってチェック・インしていたわけではないのである。

だからといって、この女性がさる一部上場株式会社社長を夫に持つ有閑夫人、それも消息通のあいだでは〝プレイ・ガール〟（〝ガール〟と称する年齢ではもうなくなっていたのだが）として通っている白痴的な美人であることが判明するまでにそれほど時間がついやされたわけでもなかった。

警察は俄然《がぜん》緊張して、捜査を開始した。ほんの数日のあいだにさして遠からぬ距離にある場所で二人の被害者が動機不明のままに殺害されたのである。

被害者たちのあいだを結ぶつながりは何もなかった。その時点では――。深瀧則臣は山関せい子に会ったことはなく、山関せい子も深瀧を情事の相手に選ぶ意志はなかったと見える。彼女の嗜好はあくまで、〝かっこいい男性〟、〝有名でマスコミにしょっちゅう登場し、しかも決してボス的存在ではなく、いまだ一種の初々しさを残している男性〟に向けられていたのである。

しかしながら、この二人のあいだを結ぶ一筋のつながりがあることはヴェテラン捜査員の眼には明らかだった。

そんなものは、おそかれ早かれ発見されるであろう。近代警察の科学捜査力はたいていの謎は解いてしまう。もはや、古典的ミステリーの妖しくも馬鹿々々しい雰囲気は失われたのである。今どきそういう謎をひねくっている刑事はいない。そういう謎を考え出すミステリー作家もいないのである。いや、いても軽蔑されがちなのである。

しかし――。

「真珠が一粒、落ちていたんですよ」

と、捜査員の一人が洩らした。

「たいそう上物の白真珠が一粒、あそこの客室のカーペットの上にね」

そのときも山田刑事は何も思い出さなかった。

6

「あのね、わたしね……」

女は小型車のシートに身を埋《うず》め、やはりひっそりと静かな声で運転手に話しかけた。

夜の闇よりも静かな声だった。

「あんなにうまく行くとは思わなかったのよ」

「――――」

「本当に、おまえのおかげなのよ」

「――――」

「怒っているの？」

「どうしてですか？　奥様」

「だって、何一つ返事をしてくれないんですもの。おまえが黙ってそうやってハンドルを握っているだけだと、わたしは心細くなってしまう」

「申訳ありません、奥様」

「おまえ、結局はわたしのやっていることに反対なのだろう？」

「――――」

「わかっているわ、それが当然なのだもの。でも、わたしが逮捕されたときは決しておまえに迷惑のかかるようにはしないつもりでいるからね」

「そんなことができる筈がございません、奥様」

今度は女のほうが黙りこむ番になったようだった。

「こんなふうなかたちであなたに御協力するということは、つまりは私も同罪を覚悟しているということです。それでなくって誰がこんなことを実行するものでしょうか」

「――――」

「あなたのお気持は私にはようくわかっていますので、とにかく、おっしゃられる通りのことだけはしています」

「ありがたいと思っているわ、心から、本当に心から」

「もし、それでしたら、奥様――」

「何?」

「もうこれでおやめ下さいませんでしょうか?」

「――――」

今度は二人ともが沈黙した。さして永くない沈黙だった。が、それは女と男のあいだに厚い重たい、目に見えぬ膜のようにどっしりと垂れこめた。

「いいえ」

やがて、女が口を開いた。

「お願い、あと一つだけ」

「──────」

「もうおまえに迷惑はかけないよ。世話を焼かせないですむと思う。どのみち、拳銃はもう使わない。あんなモデル・ガンの改造品でやってのけることができたのが奇蹟というものだもの。そして、また、もう声色を使ってもらう必要もない。最後はわたし一人だけでやってみる。純粋にわたし一人だけの力でやってみるわ」

「自信がおありなのですか？」

「あるわ」

女は微笑した。

「相手は寝たきりの老人《としより》ですもの。拳銃もストッキングも使う必要はまったくない。人目を忍んでたずねて行ったり、そっと外へ呼び出したりする必要すらないのよ。この相手には誰でも会いに行けるし、たとえその場でわたしが発見されたとしても、それでもういいのだからね」

「なるほど」

「それに──」

「それに？」

「そういう相手だもの、わたしのしようとしていることはおそらく、ある意味では善行になるのだわ」

「おっしゃる通りですな、奥様」

運転手も微笑した。

そうしながらも彼は手だけは冷静にハンドルにかけ、注意深く前方を見据えながら車を走らせて行った。このあいだまで彼が全権を一任されて、わが子のようにいつくしみながら運転していたあのみごとな〝王侯の車〟にくらべれば、それは玩具のような乗り物だったのだが、彼の態度は変わっていなかった。

ただ、その横顔にかすかな悲しみのようなものがもはや少しも消えることなくただよっているだけだった。

しかし、それが車が換えられたことによるものなのか、もっとべつの理由によるものなのかは彼自身にもよくはわからないらしいのだった。

きっと、理由は両方なのであろう。

7

その人物が有名人であるとかあったとか、実力者であったとか財力家であったとか、善人であったとか悪人であったとかいったようなことは、じつはもうどうでもいいようなものなのであった。

なぜなら、その人物はすでに人間としての資格を九分通り失いつくしてしまったに近い存在であったのだから。

その老人は死にかけていた。ただ、いつまで経っても死なないので周囲の人々も本心は呆《あき》れはてているというところが正しい表現なのである。

そうした状態におかれている患者だけが入ることのできる最高の設備を具えた病室のベッドで、点滴やら酸素吸入のチューブやら、排泄物の処理の役目をつとめる管やら袋やら器具やらにとりかこまれ、まるでテレビか、コンピューターの内側をむき出したような感じでそれらの道具を身体に突き刺されて老人は口を半ばひらき、眼をつぶってかすかな呼吸をつづけていた。

静かな夜の一刻――。

贅沢な有料老人ホームに附属している病舎のなかの一室なので、普通の病院にくらべて規則などはごくゆるやかなものがあるきりだった。

ここに肉親を預けている家族であれば、いつでも好きなときにここをおとずれて面会したり見舞ったりすることができるのだった。いや、一応の規則は設けてあるのだが、ここを利用するような連中は生まれつき公共の規則などはたいして重んじない性質に育っているのが多かった。金や地位や肩書が彼らにそうさせるのである。そして、経営者の側もそうした彼らを支持し、歓迎することのほうが多いのだった。

――女は相変わらずダーク・グレイのテイラード・スーツに暗いサングラス、黒い手袋、肩にミンクの毛皮のストールというごく地味な色合いのいでたちで音もなく部屋に入ってきた。

物腰は依然としておちついていたし、何一つマナーに欠けるところはなかったが、しいて言うならば全体の雰囲気にどこか、一種の焦りのようなものがうかがわれた。それはこれまでの二度の〝犯行〟に際しては鵜《う》の毛ほどもうかがわれることのなかったものだ。

彼女だとて馬鹿ではなかった。それどころか、決して向う見ずでも狂人でもなかった。捜査の手が次第に伸びてきつつあることを、彼女ははっきりと承知していた。深瀧殺しも山関殺しも、非常な幸運に恵まれて初めて実現できた奇蹟に類するたぐいのものだった。が、幸運だけではどうしてもああはうまく運ぶまいと思われるような要素が一つ附随していた。

それは彼女の〝決意〟だった。

何かをどうあってもやり抜こうと決めた人間だけに生じてくるらしい、あのやぶれかぶれのエネルギー、そういったものがこの女につきまとっていたのだ。

だから、今度だっておそらく——。

「おとうさま」

ベッドの上の枯木のような老人に向かって、女は低く呼びかけた。

声にしただけではわからぬことながら、彼女の、

〝おとうさま〟

という呼びかけは文字にしてみた場合には、

〝お義父《とう》さま〟

あるいは、

〝お舅《とう》さま〟

と書かれなくてはならないような感じの口調だった。

しかし、この老人が決して彼女の養父でも舅《しゅうと》でもなく、実の血を分けた父親であることは誰よりも彼女自身がようく承知しているのだった。

「おとうさま」

もう一度、女は呼びかけたが、返事が聞かれる筈もなかった。老人は病人というよ

りは何やらたいそうまがまがしい不吉な生霊――とにかく、まだ生きていることだけはたしかなのだから――のようにそこに横たわっているだけだった。

しかし、そんなことを言ったら、深夜の特別個室の病室で眠りつづける老人の枕もとに立って低く何かを語りかけはじめようとしている女の姿のほうが、はるかに生霊、いや、亡霊に似ていたかもしれない。

女はすでに死んでいるのに似ていた。瀕死の床にいる老人のほうが生命にしがみついている点においては大きな力をまだ残しているのにくらべると、女のほうがはるかに死人に似ていた。

彼女と死人とを分かつものが一つだけあった。彼女はそこに立って語りかけはじめた、ということだ。彼女の眼はサングラスの蔭で暗く見ひらかれていた。

「おとうさま、わたし、とうとうやって来たわ。とうとうね」

相手が聞いていようがいまいが、たとえ聞こえてもその内容を識別するだけの体力や知力を残しているかどうかは女にとってはどうでもいいらしかった。

「最後にはどうしてもここへ来なくてはならないと考えていたのよ。その理由はよく知っているでしょう?」

一息ついて、

「正直に言って、わたし、あなたには恨みも憎しみもないのよ。ほかの人たちに対するほどにはね！　あなたがわたしの一生を金縛りにし、女優の道に進ませ、まるで猿まわしの猿のようにわたしに芸を〝仕込んだ〟ことも、今となってはちっとも恨んではいないわ。だって、そのお蔭でわたしは栄光をつかみましたものね。大女優という栄光をね。もちろん、それはわたしが努力したから、そしてあなた以外の何人かの人たちの協力があったからよ。とにかく、わたしはあなたの思ってもみなかったほどの大スタアになった。それだけはまちがいないわ」

もう一息ついて、

「あなたがわたしを出世させるためにはどんな破廉恥なことも意に介さなかったことだって、わたし、忘れてあげるわ。わたしを深瀧のなぐさみ者に献じた張本人はあなただったこと、わたしが自分を主張して、自分の愛情や仕事への意欲に生きはじめたとき、はっきり言えば夫と結婚したとき、深瀧の肩を持ってあの男といっしょになってわたしたち夫婦を窮地におとし入れたこと、そんなことも、ああ、みんなみんな、忘れてあげていいのよ。許してあげるとは言わないまでも、忘れてあげていいのよ。でも――」

今度は女は息をつかなかった。そうする代りに、一足大きくベッドのほうへと踏み出した。ハイヒールをはいた細い脚は驚くほどしっかりしていた。

「でも、この一事だけは許せないわ。あなたがわたしにこの不治の病気をやっぱり遺伝させてしまったということだけは」

ベッドの上の死人がかすかに身動きしたようだった。が、それは気のせいかもしれなかった。

「おとうさま。わたしはあなたの財産なんかびた一文も当てにはしなかった。どんな豪奢な生活もすべてわたしの働いたお金で保って来た。あなたのほうもそれをよろこんでいるようだった。わたし、はっきり申し上げて、あなたから——あなたという人間からは何一つもらいたくなかったのよ。だのに、あなたという人はそのわたしに選りに選ってこれだけを残してくれたのね。あなたの体内に巣くっている、いやらしい病気の源だけを選りに選って」

さすがに女の呼吸が荒くなった。彼女はそれをととのえようと必死に努力しているらしかった。

「ああ、それは仕方のないこととしても——なぜ、もう少し、わたしを生かしておいてくれなかったの？　自分は永生きするだけ永生きして、こんなみっともない状態になって、それでもまだ未練たらしく生にしがみついている。何てみっともないんでしょう！　どうして、そのぶんをわたしに分けてくれなかったの？　ああ、ああ、わたしにはまだまだしたいことがあったのに！　わたし、まだ、あなたの年齢の半分にもなっていないのよ！」

ついに、泣き声が洩れた。たいそうひそやかで抑えに抑えた泣き声ではあったが、この何日間か彼女がただの一度も洩らすことのなかった声だった。

そして、それから、彼女はそんな声を出すのをやめた。もともと、彼女にはそういう声はちっとも似つかわしくないのだった。煌々《こうこう》たる脚光を浴びて舞台のまんなかで劇場じゅうの注視を集めているとき、たとえそういう声を出すことを要求される役を演じていたとしても、そしてそれは充分に賞されるべき熱演、巧技の結果であったとしても、やはり、それは彼女にふさわしくなかったのだった。

彼女は本来、めそめそ泣く女ではなかった。かかる際にあっても、怜悧《れいり》に澄んだ独得のエロキューションをもって次のような言葉を口にするにふさわしい女なのだった——。

「いいわ、おとうさま。わたし、あなたをらくにして上げる。おためごかしはよしますわ。わたし、あなたがわたしよりも永生きしているままにしてはおけないのよ、断じてそれはいやなのよ」

そして、女はさらにベッドの傍へと歩み寄った。

病人の生命を細々と、だが果てしもなくつなぎとめつづけている奇妙な装置の一つに彼女は手をのばした。


翌日早朝、一日の最初の検温にやって来た看護婦が、二十四時間点滴のチューブに空気が混《こん》じられたためらしく、ベッドの上で事切れている老人を発見した。

この種の事故が絶対に起こり得ないというわけではなかった。しかし、常識的に見て、まず、人為的な何らかの原因がない限り考えられぬ事態であった。

主治医や老人ホームの経営者は驚きながらも、一応の必要最低限の法的手つづきをおこなった。警察のスタッフが到着し、一方、死者の身内の人間への緊急速絡がおこなわれた。

登録されている唯一の肉親の名前は女名前だった。見る人が見れば、おぼえのある名前の筈だった。彼女は本名を芸名としていたのである。

が、この場合、そんなことは二の次だった。

電話に出たのは女ではなかった。男の声だった。何を訊ねられても告げられても冷静に誠実に応待する声の男だった。

「奥様は――」

と、彼は言った。

「出かけられました。今はここにはいらっしゃいません」

「行先の心当りはありませんか？　入院加療中の御尊父に変事が起こったのです。至急、連絡をとる手段はないですか？」

「――」

ほんの短い沈黙。

それから、

「やってみます」

と、男は答えた。誰も彼の言葉は口先だけであるなどとは疑いはしなかった。そのくらい真摯《しんし》な口調だった。

「できるだけのことをしてみます」

「お願いします。連絡がとれましたらば、大至急、こちらのホームに電話を頂きたいとお伝え下さい」

「承知しました」

電話が切れた。

本来なら、男はただちに受話器をとり直して四方八方の番号をまわしはじめなくてはならないのに、彼はそうしなかった。

彼は受話器を置くと、そのまま黙ってそこにすわりこんでいた。一筋の涙が、浅黒い、少しもハンサムとは呼べぬその横顔に勲章に似たものを添えた。

「病院側の手落ちとは思えないんですがね。しかし、点滴のチューブに故障が起ることは絶対にないとは言い切れませんのでね」

捜査員の一人がしゃべっていた。

「事故か人為的な操作の結果の死か、微妙なところだが、後者の疑いが濃いんですよ」

「?」

「看護婦がね、枕の上にミンクの毛を発見してるんですよ。非常に質のいいサファイア何とかという品種のミンクなんだそうでね。そんなものがあの患者の枕カヴァーの上に載っかっている筈はないので、つまり、これは昨夜、誰かがあそこにやって来たというわけで……」

山田刑事は、ここにおいて、思い出したのである。

8

「女《にょ》、女房が手術を、し、した日です、しゅ、手術を」

綜合病院の受付の窓口で山田刑事はいつになく吃《ども》った。彼は真赤な顔をして息を切らしており、警察手帳を差し出す手もともふるえていた。

「ええと、何の手術ですか？　お名前は？」

受付の係は、

（この人は何をこんなにあわてているのだろう）

というような表情をしてちらりと彼を見やり、ぱらぱらと書類をめくった。外来者のなかにはこんなふうにめちゃくちゃに昂奮したりあわてたりしている者もたまにはやって来るので、それほど奇異な表情をしているわけでもなかった。

が、相手の職業を知ると、真剣に見返した。

「奥さんが手術を受けられた日付をお忘れになったのですか？　で、それをたしかめろと？」

「そう、そうです、ああ、いや、ちがった――」

山田刑事はようやく少しだけ自分をおちつかせた。

「女房がこの病院で盲腸炎の手術をしてもらったのは○月×日です。こ、この手帳にちゃんと書いてあります。す、すみません、あわてちまって」

妻が緊急手術と聞いて（今と同じくらい大あわてで）ここに駆けつけてきた日の日付は、何も受付の事務員に訊ねて教えてもらわなくても手帳にちゃんと書きとめてあることだった。

新婚の山田刑事夫人は手術は無事にすみ、経過もよく、かっきり一週間入院して数日前に自宅に帰ってきていた。

『盲腸の手術なんて今どきタイヤのパンク直しより簡単』

と医者が言ったと聞かされて、彼女はいささか憤慨しながらもうなずいていたものである。

『そうよ、もしかしたらタイヤのパンク直しどころか、どんなつくろい物よりも簡単なのかもしれないわ。だって、一週間入院しているあいだ、先生は一度も患部を診《み》ないのよ。回診のとき、〝やあ、どうですかね、御主人は難事件を追って活躍中ですかね〟なんて無駄口をたたいて、ぱんぱんて私の肩をたたいて、それで行っちゃうの。一週間目の抜糸のときに初めて傷口を見て、〝やあ、きれいにひっついた。どこの医者よりもぼくの手際は自信があるんですよ。ほら、ちいさなかわいい傷跡でしょう?〟だって』

妻がまた元気で家事にいそしんでいることは本当だし、もう二度と盲腸を手術なんかしなくてもいいことは明白であるので、この私的出来事《プライヴァシー》に関する限り山田刑事の心は平穏だった。

そうじゃない。

彼はそんなことのために息せき切ってこの病院に駈けつけてきたのではない。

彼はもっとべつのことを訊ねに来たのだ。それも早く、早く、早く訊ねなくてはならぬ。早く、早く、早く彼はその答を聞かせてもらわねばならぬ。一刻も早く!

さもないと……。

「ち、ちがう、その○月×日にですね、ぼくが倒れて寝かされているときに部屋に入ってきてしゃべっていた男と女がいるんです。そ、それが誰だかわかりませんか?」

「?」

今度こそ受付の係はけげんそのものという顔をして、彼を眺めた。

「どなたが寝かされていたんですって?」

「ぼ、ぼくです」

「手術を受けたのは奥さんじゃなかったんですか?」

「で、ですから、それに立ち会っているときにぶっ倒れて——」

山田刑事はハンカチで額の汗を拭った。係は(ははあん?)というような目つきをし、わかったのかわからないのかはっきりしない様子でなおも彼を眺めつづけた。

「とにかく、ぼくは倒れてどこかの部屋に運ばれて寝かされたんです。そして、そこで一人でいたあいだに、仕切りの向こう側に男と女が入ってきてとても深刻な話を始めたんです。もちろん、ぼくがこっち側にいることは知らずにです。そういう状態だったので、ぼくは二人の会話を全部聞いてしまったんです」

「それが何かの犯罪に関係あるんですか?」

係はそこまでは考えをまとめたようだった。刑事が血相変えて駆けこんで来て何やらわけのわからぬことをそれでもいっしょうけんめいに訊ねているのだ。何かの犯罪に関係があると考えぬほうがどうかしている。

「い、いや、まだそこまではわからないんだ」

もう一度、山田刑事は額の汗を拭った。少しずつおちつきをとり戻してはいたものの、まだ充分にではなかった。

「だが、その男のほうはここのお医者さんで、女のほうは患者らしかった。十中八九、それにちがいない。二人の会話の内容からそう推測できる。二人は何か病気のことを話していた。それも――非常に悪い、絶望的な症状のことをだ」

「でも、それだけでは――」

「ちょ、ちょっと待ってくれ。その女の身装《みな》りをぼくはおぼえている。ぼくの推測にあやまりがなければ、その女はええと――ええと――」

山田刑事はまたもや口ごもった。しかし、それも無理からぬことだった。女の服装の正式な描写など、彼にはとてもとっさにできることではないのだ。

「ええと――黒っぽい、かちっとした感じというか、きりっとした感じというか、そんなふうな仕立ての服を着ていた。黒いサングラスをかけて、黒い手袋をはめていた」

「――――」

「そ、そして、服の衿もとに紫色の花束をつけて――あれは何という花なのかなあ？とにかく、薔薇とか蘭とかそういう花じゃなかった――真珠の首飾りをつけて、そして、そう、ミンクというんだろうな、すばらしい毛皮を肩に羽織っていた」

「――――」

「ぼくのカンにまちがいがなければ、深刻な病状の話をしていた女患者はそういう恰好をした女性なんだ。彼女は○月×日、午後△時頃、ここにいて、医者の一人としばらく話をした。話の内容はぼくははっきりおぼえている。そして、そのあと、彼女はここの裏手の出入り口から帰って行った」

「――――」

「大型の高級車にお抱えの運転手つきで乗りこんで行った。あれはええと、ロールス＝ロイスだ。ざらにその辺を走っている車じゃない」

「――――」

「ね、いいかい？　こういう身装りをしてこういう車に乗ってここへやって来て、医者の診断を聞いて帰った女がいたんだ。警察はその女の身許を大至急突きとめたい。『それがどんな犯罪に関係あるんですか？』などとは言わせないよ。彼女は犯罪に関係大ありなんだ。それも、たいそうおそろしい、狂った、せっぱつまった犯罪にね。しかも、それはまだ終っていないかもしれない。彼女の立たされた立場から推すならば、彼女はまだまだそういう犯罪を繰り返す可能性があるんだ。ぼくはそれを阻止しなくてはならないんだよ、犠牲者と目される人間のためにも、また、彼女自身のためにもね。頼む！　ここでできるありとあらゆる手段を講じてその女性患者の名前を探し出してくれ、あの医者の名前もいっしょに！」

「そういうことでしたら……」

ようやく、受付の係は口をひらいた。

「ここではどうしていいものか見当がつきません。院長のところへいらして話してみて下さい」

「よしきた！」

山田刑事は長い、つるつるした廊下を全速力で走り出す身がまえをした。彼の背後にはすでにいらいらと顔をしかめた外来患者たちが列を作っていたが、彼はそんなものには見向きもしなかった。

「院長室はどっちだい！」

9

「おそかった、おそかったわ、刑事さん」

と、女は言った。あの声で。

「でも、ありがとう、あなたがおそく来てくれたので、わたしには薬を嚥むひまがあったのよ。本当にありがとう」

山田刑事は女の手近のコーヒー・テーブルの上にあった錠剤の函《はこ》をひっつかむようにとり上げた。どんなに急いでひっつかんだとしても、もう無駄だった。函はすっかり空っぽになっていた。――それも一箱だけではなかった。

コーヒー・テーブルの上には水の少し入ったグラスと水さし。酒は出ていなかった。彼女は自分の生涯をしらふで終ろうとしているようだった。もっとも、強力な効果を持つ睡眠薬をたっぷり二函分嚥んでしまった状態を〝しらふ〟と呼べるとしての話だが。

彼女が夫に死に別れ、健康をそこね、少しずつ凶運に向かって歩み出すのと時を同じうするごとくして住みつづけていたマンションの一室だった。

ちっとも豪華でもなければ、きらびやかでもない部屋だった。むしろ、最小限度の、ただし質のいい、趣味もいい家具がそこここに置かれているきりだった。かつてのこの女の生活を知る者が見たら、付人《つきびと》の部屋かと錯覚するかもしれなかった。

だが、付人の部屋なんかではない証拠に、壁には彼女の全盛時の舞台姿の写真が何枚も掲げられていた。オフェリア、ロクサーヌ、ジュリエット……『ヘッダ・ガブラー』や『黒とかげ』の写真もあった。その役々はいずれも手に拳銃をかまえていた。

女はもうそうしたものはすべて忘れ去ったとでもいうように、そこの一隅のデヴァンにもたれかかるようにして半ば眼を閉じていた。テイラード・スーツもサングラスも手袋もつけていなかった。着ているのはごくゆるやかな、くつろいだ感じの柔らかな羅物《うすもの》の裾長のドレスだった。

あるいは寝間着なのかもしれなかった。彼女はもうそこで眼を閉じて薬の効果が現れてくるのを待つばかりのようだったから。でも、彼女が着ていると、それは寝間着には見えなかった。少なくとも山田刑事にはそう思われた。それは何かたいそう優雅でこの世のものならぬ美しい経帷巾《きょうかたびら》、屍衣のように見えると彼は思った。

「――どうして――どうしてこんなことをしたのです？　あなたともあろう人が」

せきこむようにして山田刑事は言った。

本来ならばすぐに署に連絡して手配をし、彼女を救急病院に運びこんで胃洗滌《いせんじょう》を施すべきなのである。彼女に薬を残らず吐かせ、正気に戻し、ついでに犯行についてのすべてを自白《は》かせるのが彼の義務なのだった。

しかし――。

彼は女の足もとに膝をついた。薬の効果は徐々に現れはじめているようだった。しかし、完全に意識を失うまでにはまだ少々時間があると思われた。

「どうしてこんなことを――」

そう問いかけた山田刑事は部屋の戸口のあたりに一人の男が影のように立ったのに気がついた。男の顔を彼は記憶していた。華麗なシルヴァー・グレイのロールス＝ロイスの運転席から降りて彼女を助け乗せ、ハンドルを握って走り去ったあの男にまちがいはなかった。

二人の男は無言で目礼し合った。まるで、崇高な儀式に立ち合っている敬虔《けいけん》な司祭とその助手ででもあるかのように。

女はデヴァンの上で微笑し、かるく手を振って見せた。

「それより、刑事さん、どうしてわたしのことがわかりましたの？」

「それは——それはごくつまらぬ偶然のなせるわざです。あなたにとってはたいそう不運だった偶然のね。それよりも——」

山田刑事は心を取り直した。一膝にじり寄って、女の顔を覗きこんだ。そんなふうにされても彼女は美しかった。オセローに覗きこまれるデスデモーナを演じたことのある人間だけが示すことのできる顔なのかもしれなかった。

「深瀧則臣も山関せい子もあなたが殺したのですね？　そして、あなたの実のお父さんまでも——」

「そうよ」

彼女は半ば楽しそうにうなずいた。

「あの人たちはあたしに殺されて当然の人たちなんですもの」

「――――」

「だからと言って、わたし、急に殺人狂になり下がったわけではなかったんですわ。わたしにはわたしだけの立派な理由があってやったことです。その理由というのは――」

「大体はわかっています」

山田刑事はかるく片手を挙げて制した。

「あの日のあの部屋での、あなたとあなたの主治医であるあそこの内科医長の会話をぼくは聞いてしまったのです。盗み聞きするつもりは毛頭なかったのですが、やむをえない成行で仕方ありませんでした」

「そう？」

少しもとがめる口調でなしに彼女は言って、うなずいた。

「よかったじゃありませんの？　あなたに動機についてくどくどと御説明する手間が省けましたもの」

「しかし、あれは動機じゃない！　あれはあなたの犯した犯罪の原因ではあっても動機じゃない！　あなたがやった犯罪の動機はあくまで怨恨です。復讐のための殺人です、それもじつにむなしい復讐のための」

「そうよ。それをしてから死んではいけないという法律がありまして？　刑事さん」

「――――」

「わたし、自分の生命がもうわずかしかないと知ったので覚悟を定めました。いろいろな意味での覚悟をですわ。

深瀧を射《う》ったのは自分の愛用のコルトです。愛用と申しても、舞台の小道具として使ったことのある〝おもちゃ〟です。それを改造して、とにもかくにも、一度は実際に使えるようにできたので、実弾をこめて射ちました。深瀧はよもやわたしがそんなことをするとは思わなかったのでしょう、まったく警戒の色を見せませんでしたので、真正面から近づいて抱きつこうとしているかに見せかけて銃口を眉間に押しつけて発射しました。ステレオのシンフォニーのレコードの音量をうんと大きくしていたので、小さな拳銃の発射音などあの広い邸と庭のそのまた外へは何一つ聞こえなかった筈ですわ。

山関せい子のときは声色を使ってホテルへ呼び出し、わたしがあの客室に入るときにも声色を使い、そして脅しのためだけに拳銃を持ってなかへ入ってしばらく話してから隠し持っていたストッキングで首を絞めました。どんなことを話したのかは御想像におまかせします。

山関はそのあいだに恐怖のためにほとんど麻痺状態に近くなってしまっていたので、殺すのは簡単でしたが、同時にあまり面白くありませんでした。わたしがストッキングを持って近寄ると、彼女は錯乱状態になってわたしの首飾りに手をかけましたので、それは引きちぎられて真珠が床に散乱しました。わたしはかまわず絞殺しました。簡単でしたわ、本当に簡単なことでした。真珠を一粒ずつ拾うほうがよほど大変でした。

永いこと寝たきりであのホームにいた父の場合は、それよりももっと簡単でしたのよ。おわかりいただけるでしょう?

今申し上げた通り、三つの殺人は決してわたし一人の力でできたわけではありませんん。協力者がいたのは事実です。でも、それはわたしがその人を脅迫して無理に協力させたからです。そのいきさつは遺書にしたためて、ほら、そこに……刑事さん、よろしくお願いしますわね……ああ、わたし、ねむくなって、もう話しつづけていられない……」

女は小さなあくびをし、部屋の一隅の書き物机の上に載っている白い封筒の方を指さすと、それだけするのがもうやっとの思いなのだというふうにだらんとその手を垂れ下がらせた。

仄《ほの》かな薄紫色のアイ・シャドウを塗った蒼白いまぶたは今度こそ本当にぴったりと閉じられた。すべての重荷を下ろし終ったように、彼女は深い深い眠りに落ちて行った。もう二度とさめなくていい眠りに。

山田刑事ともう一人の男は黙ってその姿をみつめていた。

が、山田刑事は立ち上がり、電話のほうへと歩いて行った。彼の心が呟きつづけていた。

(これで終ったわけじゃない――これで終ったわけじゃない)

10

山田刑事がその綜合病院の内科医長の要職にある人物とあらためて二人きりで向かい合ったのは、あの異様な連続殺人事件の犯人が克明に犯行内容・動機・経緯を書きつづった遺書を遺《のこ》して自殺し、また、共犯の疑いはまぬがれない元使用人を逮捕して一応の事件解決をみた直後のことであった。

ちなみに、その元使用人なる人物、つまり犯人のかつての自家用車の運転手として

永いあいだ身辺に仕えた男性は、

『女優としてのあのかたのファンであり、一人の女としてのあのかたの友人だった。御主人と離婚、そしてその御主人が亡くなってからは自分の全人生をあのかたに捧げて悔いないと考えていた。あのかたの命令にはすべて従い、あのかたの希望はすべて叶えた。自分にできる限り、たとえそれが罪になることであろうとも』

と申し立てているようである。

それはそれとして、山田刑事にはもう一つどうしてもしなくてはならないことがあった。それがなされない限り、犯人が自供して自殺し、共犯者が捕えられようと、この事件は真の終りを告げたとは言えないことが彼にはわかっていたのである。

彼はまず、院長の許可を得て（警察としての特権を振りかざさずとも、彼はすでにこの病院内では大変な〝顔〟になっていた。彼の新妻の腹を切った医者は彼の愛妻家ぶりをたたえたし、彼をあの部屋に運びこんで寝かせた看護婦たちは彼のことをば〝あのかわいい刑事さん〟と呼んだ。『かわいくって妻《さい》ノロで気が小さいようだけれど、刑事としては有能なのねえ。ちゃんと今度の事件の犯人をアゲたものねえ』）、内科医長との個人的な面会の約束に成功した。そして、二人はこうして医長室の椅子に向かい合って腰を下ろし、たがいにじっと見据え合っているのである。

内科医長は五十歳そこそこの長身の紳士で、ととのった顔立ち、わずかにグレイがかりはじめた豊かな髪、おりおり皮肉な微笑ともつかぬかすかな影をおびる口もといい澄んでおだやかな眼もといい、一分の隙もない好男子だった。

が、しゃべり出すと、そのかすれ気味のおちついた声は、この男がまぎれもなくあの日のアコーディオン・ドア越しに彼女と会話を交していた相手であることを山田刑事に証明した。

（この人物なら、あの女と二人で並んで話をしていてもたいそうお似合いだったにちがいない。いや、その通りだ、まったくお似合いのカップルだ——）

山田刑事は医長の協力によって犯人の身許がわかったことに対し、あらためて礼をのべ、医長はそれに礼儀正しく応じた。あんなふうな結果となったことを心から悲しく思うと言うのだった。

「彼女はぼくとは昔からのつき合いでしてね——」

と、医長は沈んだ口調で語りはじめた。

「あの数々の名演技にはぼくもその都度、拍手を送ったものです。

それがなんとしたのか、そう、あの結婚、みんなに祝福されて結ばれた筈のあの結婚以来、彼女には凶運がつきまとうようになりましたな」

「――――」

「夫婦同業というのは、とくにああした芸の世界となると、うまく行かないものなのですかな。彼女の結婚生活が円満に行っていないという噂が伝わると同時に舞台生活にも翳《かげ》りが見えるといわれ出し、やがて離婚、しかも御主人は急死してしまった。そして、その上、彼女の発病です……」

医長はかすかにあえいで息をついたようだった。何か、それとははっきりわからぬにせよたいそう邪悪なものがちらりと、その紳士的な眼の底をよぎったと山田刑事は確信した。

「昔のよしみで彼女はぼくのところへやって来た。というよりも、たまたまぼくがあの種の病気の専門だし、彼女の父親の主治医もつとめたりしていたもので、仕方なくやって来たというのが本音ですかな」

かすかな微笑。山田刑事は身じろぎもせず、耳を傾けていた。

「もちろん、ぼくは早速、できる限りの手段を動員して検査と診断に当りましたよ。慎重に何度も何度も検査を繰り返しました。ぼくのやったことは医者として当然のことだったと思うが」

「たしかに、あのとき、ぼくが聞いてしまった会話のなかでも先生はそうおっしゃっていました」

「彼女は焦りすぎていました。もう少しゆっくりと時間をかけて、各検査の結果を照合して診断しなければならない病気だったのに、ぼくの忠告もかえりみず、ただもう『早く、早く！』と黒白の宣告を焦りすぎ、いちずに自分は父から遺伝したおそろしい病気にとりつかれたと思いこんでしまった。昔から思いこみの激しいところのある女でしたが、今度の場合はその性質がみずからを破局に追いこんだんですな」

「では、なぜ、もっと早く彼女に、

『きみは決して病気にかかっていない。診断はシロだ』

とはっきり言ってやらなかったのです？」

医長はかすかに片眉をあげて山田刑事を見やった。異なことを刑事風情から言われるものだとでもいうふうに。

「ほう？　それはどういう意味ですか？」

「とぼけても駄目だ、先生。あの患者が〝父親から遺伝したおそろしい病気〟どころか、なんの不治の病いにもとりつかれていなかったことは今となっては明白なんだ。彼女は解剖というものを受けましたからね！」

「――――」

「それはたしかに、ちょっとした内臓障害や神経障害、とりわけあの年齢の女性特有の生理的な障害はいくつか所見されたそうです。しかし、そんなものは死病でもなんでもありはしない。あなたが一言、きっぱり否定してやりさえすればけろりと雲散霧消して、彼女は元気に生きつづけて行ける筈だったんだ」

「――――」

「なのに、あんたは彼女をまことにむごい目に合わせた。主治医として専門医として、彼女の病状の何たるかはとっくによくわかっていたにもかかわらず、ああして……ああして思わせぶりに返事をにごし、彼女の心をめちゃめちゃにかき乱したんだ。病気の恐怖におびえている患者の心理にそれがどんなにつらいことか充分に承知の上でやってのけたんだ」

「――――」

「一体どうしてあんなことをしたんだ？　彼女に対して、あんたはどんな恨みがあったというんだ？」

「それはね――」

医長の端整な顔が少しくゆがんだ。声が、またかすれはじめていた。

「べつに申し上げるような種類のことではないと思いますよ。医者は患者の秘密を守らなくてはならない。彼女がここへ来院してぼくの検査を受けるようになってから、あなたがぼくたちの会話を聞いたあの○月×日に至るまでのあいだに、どんな病状、どんな症候が彼女に所見されたかはぼくのみの知るところだ」

「それにしても、そのすべてが解剖日時までのあいだに消え失せてしまうことはあり得ない。彼女が不当に悩まされ、その結果としてああした精神状態になったことはたしかなんだ。先生、この連続殺人事件の〝真犯人〟はじつはあんたなんだ！」

「ふむ。しかし、それをどうやって立証するのかね？」

医長はまたたきもせずに山田刑事をみつめた。

「きみが盗み聞いたあの会話が録音されていない限り、そしてそれが何月何日の会話だと証明されない限り、ぼくが患者に不当な精神的負担を負わせたという事実は立証されないね」

「――――」

山田刑事が見据え返していると、医長は椅子を立ち上がり、窓のほうへと歩いて行き、そこから外を見下ろした。早春のものうい光を反射しているビルの群れがそこから一望されるのだろう。

しかし、医長の眼はそれらを見てはいないようだった。大都会の空も雲も、きらきら光るガラス窓をちりばめたコンクリートの林も彼の眼には映っていないようだった。彼の眼はその遥《はる》か遠くに去ってしまったものを見ようとしているようだった。

「ぼくはあの女を愛していた、心から」

うめくような声がその唇から洩れてきた。

「どこの誰にも劣らず愛していた。だが、あの女はぼくのことなど目もくれなかった。あの亭主に惚《ほ》れ抜き、しかも彼と別れたあと、今度こそはと期待したぼくをまたもや冷たくあしらって、あの運転手と――あんな運転手風情と……」

医長の声が低いすすり泣きに似たものになった。窓のほうを向いたまま、彼はつづけた。

「あの女をひどい目に合わせるつもりはなかったんだ。だが、あの女が初めてぼくに〝生死〟の判定をゆだねてきたとき、少しだけ――ほんの少しだけ、ぼくはあの女に復讐してもいいだろうと思ったんだ。それだけだ、それだけのことだったんだ……」

医長の呟きを一言一句聞きのがすまいとつとめながら、山田刑事もまた立ち上がり、窓の外を眺めた。

ダーク・グレイのテイラード・スーツの衿元に紫色の花束をとめ、真珠の首飾りをつけ、サファイア・ミンクのストールを優雅に肩に引き寄せた女を乗せたロールス＝

ロイスの幻がその空の彼方に浮かんだ。女は彼のほうを振り返り、やさしく微笑したらしかった。ロールス＝ロイスを運転している男はきっと前方をみつめたままだった。

それから、すべてが空のずっと向こうへ消えた。

解　説

新川帆立

愛と殺人は似ている。

クレイグ・ライス著『大はずれ殺人事件』の中で、このような指摘がなされている。殺人は恋愛とよく似た現象で、ほんの少し違うだけだ。恋する者は「あなたがいなくては生きていけない」と言い、殺人者は「あなたがいては生きていけない」と言うのだ、と。

私はここに、新説をつけ加えたい。愛と殺人は確かに似ている。どちらも「あなたより先に死ねない」という意味で。

本作では、自分の死期を悟った女が、過去に恨《うら》みを抱いていた人物を次々と殺していく。いずれ自分は死ぬのだから、その後の世界がどうなろうとも構わないような気もするのだが、彼女はそうは考えなかった。自分よりも彼らが長生きすることは、どうしても許せない。道づれにして死んでやろうと思う。憎しみゆえの殺人は愛ゆえの心中と紙一重だ。女は愛と殺人に生きた。その生きざまを描いたサスペンス・ミステリーが本作である。

先に言っておくと、本解説はネタバレを含む。ネタバレをしないことには語れぬところを語りたいからだ。本編を読了していない方は、ここで引き返して頂きたい。長篇版だけでなく、中篇版も併せて読むことを強くお勧めする。

未読者はもう帰りました？　大丈夫ですか？　それじゃ、始めますよ……。ここからは、読了後の皆さんと、本作の余韻を味わい、考察を交わす場です。

著者、小泉喜美子は五作品の長篇を遺《のこ》している。短篇はたくさん書いているが、長篇は十年に一作、一生に三作書ければいい、と本人もエッセイ集『ミステリーは私の香水』の中で認めている。本作は長篇五作目、著者の遺稿となったものである。

小泉は一九三四年、東京築地《つきじ》の洋服屋に生まれた。結婚を機に横浜へ移り、青山を経て、明石町に落ち着いた。生粋の都会人であり、自他ともに認める下町っ子だ。歌舞伎、宝塚、酒、音楽、麻雀《マージャン》など様々な娯楽を愛した趣味人でもある。

戦後すぐ、女学生だった頃に海外ミステリーに夢中になった。日本人だとめそめそ泣くところを、さらりと明るくウィットにみちて語っているところに惹かれたという。将来は翻訳者になりたいと考えるようになった。

英字新聞社「ジャパンタイムズ」に十九歳で就職し二十六歳まで働いた。その一方で、早川書房から翻訳の仕事をもらうようになる。ちょうど同時期に、同社の『エラリイ・クイーンズ・ミステリ・マガジン』で第一回短編コンテストが行われた。小泉は生まれて初めて書いたミステリー小説を投稿し、入選する。それがきっかけで、同社で働いていた小泉太郎（のちの生島治郎）と知り合い結婚した。

主婦業のかたわら少女誌に小説や翻訳を寄せ、一九六三年、二十九歳のときにはデビュー長篇『弁護側の証人』を出版する。翌年、夫である生島も作家としてデビューした。

小泉は翻訳も創作も普通の主婦業もちゃんとやっていきたいと意気込んでいたが、生島から「全部ちゃんとやれる筈《はず》がない。仕事か家庭人かどっちかをとれ」と言われ、家庭に入ることを決意。それから十年間、彼女は筆をおき主婦業に専念する。一方、生島は直木賞を受賞し、私はもうこれでいい、直木賞作家夫人で終わればオンの字だと思ったらしい。

ところが、その小泉を生島は軽蔑《けいべつ》した。自分では何も創造せずに夫の収入や名声に頼って生きている女なんて大っ嫌いだ、一本立ちのミステリー作家になれ、主婦業との両立は認めない、独身になって仕事で勝負しろ、そういうおまえならおれは好きだ、と言われた。小泉は悲しみながらも、生島と結ばれていたかったから素直に離婚したという。

せっかく出世した夫と別れるのはバカだ、やっぱり追い出された、作家の女房が自分も作家になれると思い込んでいる、といった批判にさらされ、「才能もないのに、つまらぬ仕事を再開したバカ女」というレッテルを貼られながらも、死に物狂いに仕事をした。その後、コメディアンの内藤陳と内縁関係に至る（入籍していないことへの批判も多かったらしい）が、内藤が文筆活動を始めると、小泉は仕事と家事、共同生活のバランスを崩し、内縁関係は自然解消する。

一九八五年十一月、小泉は階段から転落し帰らぬ人となった。享年五十一であった。著者のエッセイ集『ブルネットに銀の簪《かんざし》』の中に、「私のモットーとして、『生きることは永生きすることにあらず』というのがある」との一節があるが、それにしても早すぎる死が惜しまれる。

さて、読者の皆さんはここまでの解説を読んで、こう思ったのではないだろうか。本書収録の長篇版と中篇版の違いである、俳優夫妻の同業ゆえの不仲という要素は、著者の私生活の反映ではなかろうか、と。

そんなことを考えた読者に私は言いたい。そんな解釈は野暮だからおやめなさい。泣く蟬《せみ》よりもなかなかに泣かぬ蛍が身を焦がす。浄瑠璃『御所桜堀川夜討』の一節で、主君の妻の首の代わりに自分の娘の首を差し出した弁慶の心情を描いている。都筑道夫によると、ハードボイルドの神髄《しんずい》を見事に表現した言葉だという。

人には言えぬ悲しみや心の痛みを誰しも抱えている。抱えながらも進むしかない。そういった人々の心のうちをのぞきこみ、「おやおや、○○にお悩みなのですか」と邪推するのは、いかにも野暮だ。

本作をじっくり読み込むと、圧倒的な構造美を前に、野暮なことは言えなくなるだろう。そのくらい洗練されたプロットを有する、優雅なサスペンス・ミステリーである。

冒頭で女の企みが明らかになり、次々と殺人が実行されていく。読者は女の願いの成就をそっと見守ることになる。だが現場には、菫《すみれ》の造花、真珠と痕跡《こんせき》が残されて——。刑事が女にたどり着くまでの流れはオーソドックスなサスペンスだ。そのままサスペンスとして幕を閉じることも可能だが、筆者はそうしなかった。終盤、女は死病に冒されていなかったことが明らかになる。医師による復讐が裏にあったのだ。ミステリー的なひねりが効いた落としどころといえる。

中篇版ではここで終わる。よくまとまった切れ味のよい仕上がりだが、実は、プロット上の欠陥が一つある。不治の病にかかったと信じた女は連続殺人を計画した。いきさつは遺書にも記されているだろう。一方で、女の遺体を解剖したら重篤な疾患がないことは、容易に警察に発覚してしまう。ないはずの病をあるかのように告げた医師に、疑いはすぐにかかる。通常ミステリーでは、犯人は合理的に動くと考えられている（現実の犯人はそうでもないのだが）。すぐに犯人が発覚するような犯行方法を採用すると、不合理な犯人、犯行方法という誹《そし》りを受けかねない。

長篇版ではこの欠陥が見事に解消されている。まず、病があると女が誤信した箇所を脳に設定する。脳を解剖されないようにするために、女の後頭部を潰《つぶ》す必要がある。マンションから落下させたのはそのためだ（そもそも脳の病という設定にしたのも、落下によって最も自然に損壊できる部位が脳だからだろう）。だが本人の自殺という設定で、後ろ向きに身を投げさせるのは難しい（その必然性がない）。誰か女を落下させる役どころが必要だ。登場人物の中でもっとも適役なのは運転手だろう。そこで運転手の裏切りという要素を追加した。運転手を裏切らせるために投入されたのが、同業夫婦の不仲という背景だ。これにより、プロット上の欠陥を解消すると同時に、どんでん返しを一つ追加し、登場人物の全てが「報われぬ愛」を抱えていたという物語の底流を用意することにも成功している。一石二鳥ならぬ一石三鳥の改稿をやってのける、鮮やかな手並みに脱帽した。

結果として、上質なサスペンスとして進行し、二転三転するミステリー的展開が用意され、終盤には「報われぬ愛」にしんみりと想いを寄せる余韻《よいん》まで添えられている。洗練された構造美を感じさせるプロットである。

著者はミステリー評論集『メイン・ディッシュはミステリー』の中で、ミステリーの「書きかたの魅力」について語っている。すなわち、「謎解き中心物」（いわゆる「本格物」）は一定の形式をもっているが、その形式にいろいろと変化をつけた「変格物」ミステリーがどんどん生まれている。変格物は「本格物」が陥りがちだった定型の退屈さを、独自の構成や文体という「書きかたの魅力」で打破する。そのような変格物の名手として著者が挙げているのがコーネル・ウールリッチだ。

長篇版の冒頭にある「コーネル・ウールリッチに捧げる」という献辞《けんじ》からは、「良質な変格物をご覧に入れよう」という著者の意気込みが感じられる。その意気込みどおり、本作は謎解きそのものを中心にすえず、洗練された構成（つまり「書きかた」）で魅せる見事な「変格物」である。

華やかな小物使いも印象的だ。ダーク・グレイのテイラードスーツ、真珠のネックレスと紫色の菫の造花。

テイラードスーツを着ているのは、仕事に情熱を燃やした生きざまの象徴だ。真珠はレイモンド・チャンドラーを始めとするハードボイルド小説によく登場するアイテムである。著者は前出『ミステリーは私の香水』の中で、「病める貝殻のうちにのみ真珠は生まれる」という言葉を紹介している。真珠は、うちに秘めた悲しみを象徴しており、「泣かぬ蛍」と同様、実にハードボイルドなアイテムだ。そして、紫の菫の花言葉は「愛」。

女は仕事に情熱を燃やし、成功した。だがその胸のうちには報われぬ愛の悲しみがあった。女の生きざまを小物使いからも読み取ることができる。

いかがだろうか。著者の私生活の反映云々と論じるのが、アホらしくなってきただろう。作家の想像力と創造力をなめてはいけない。私生活がどのような状況だろうとも、美しく洗練された世界を提示するのが作家の仕事だ。その仕事ぶりを体現した本作と著者に喝采《かっさい》を送りたい。

二〇二一年十月

本書に収録されている「死だけが私の贈り物」（長篇）は、1985年12月トクマ・ノベルズとして刊行された作品を底本としています。同じく「死だけが私の贈り物」（中篇）は、「小説推理」昭和57年4月号に掲載された作品を収録いたしました。本作品はフィクションであり実在の個人・団体などとは一切関係がありません。

なお、本作品中に今日では好ましくない表現がありますが、著者が故人であること、および作品の時代背景を考慮し、そのままといたしました。なにとぞご理解のほど、お願い申し上げます。

（編集部）

徳間文庫

死《し》だけが私《わたし》の贈《おく》り物《もの》

2021年11月15日　初刷

著者　小《こ》泉《いずみ》喜《き》美《み》子《こ》

発行者　小宮英行

発行所　株式会社徳間書店

東京都品川区上大崎三-一-一
目黒セントラルスクエア　〒141-8202

電話　編集〇三(五四〇三)四三四九
販売〇四九(二九三)五五二一

振替　〇〇一四〇-〇-四四三九二

印刷
製本　大日本印刷株式会社

ISBN978-4-19-894690-6　(乱丁、落丁本はお取りかえいたします)

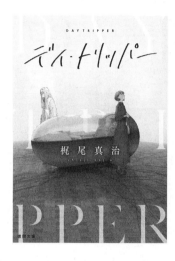